›Shalamuns Papiere‹ schreibt die Geschichte aus Christoph Meckels Roman ›Die Messingstadt‹ fort. Beide sind untereinander verbunden durch Motive und Figuren, vor allem aber durch den zentralen Schauplatz Babylon-City.

Shalamun, »der in Zwischenräumen zu existieren scheint, in Absteigen und Luxushotels verschwindet ... und aus Hinterklappen wieder zum Vorschein kommt«, erscheint als ein Wiedergänger jenes geheimnisvollen Jean X, der in Babylon-City, der ›Messingstadt‹, beständig die Frauen suchte und ebenso beständig auf der Flucht vor der Liebe gewesen ist. Diese schillernde Figur ist am Anfang dieser Geschichte nun endgültig untergetaucht; unter Zurücklassung ihrer Papiere, die den Verdacht nahelegen, daß Shalamun einen Menschen getötet hat. Ein gewisser Serge Moore begibt sich auf die Suche nach ihm, indem er jene Menschen befragt, die Shalamun gekannt haben: Marcel Garda, einen Regisseur, Boby Cervantes, einen Geschichtenerzähler, und natürlich die Frauen – seine Geliebte für einen Winter, Stella Farni, und die beiden Verführerinnen mit den sprechenden Namen Nessel und Distel. Allesamt rätselhafte Schattenfiguren, die im Zwielicht von Babylon-City ihre eigenen Welten erfinden. Das Bild Shalamuns ergibt sich aus den von Serge Moore befragten Personen. Doch je näher man Shalamun zu kommen glaubt, um so undurchsichtiger wird seine Erscheinung.

Meckel verfolgt eine Poetologie des Verwirrspiels, und es gelingt ihm, den Leser zum Suchenden zu machen – in einem halluzinatorisch inszenierten Tagtraum auf der Bühne von Babylon-City, der Stadt aller Städte.

Christoph Meckel, 1935 in Berlin geboren, wurde für sein Werk u.a. mit dem Rilke-Preis und dem Bremer-Literaturpreis ausgezeichnet. Im Fischer Taschenbuch Verlag: ›Licht‹ (Bd. 2100), ›Die Messingstadt‹ (Bd. 11367), ›Ein roter Faden‹ (Bd. 5447), ›Suchbild. Über meinen Vater‹ (Bd. 5412) und ›Wildnisse. Gedichte‹ (Bd. 5819).

Christoph Meckel
Shalamuns Papiere

Roman

Fischer Taschenbuch Verlag

Veröffentlicht im Fischer Taschenbuch Verlag GmbH,
Frankfurt am Main, August 1996

Lizenzausgabe mit freundlicher Genehmigung
des Carl Hanser Verlags München Wien

Druck und Bindung: Clausen & Bosse, Leck
Printed in Germany
ISBN 3-596-13175-8

Gedruckt auf chlor- und säurefreiem Papier

scharlui wawarlui besoch bisjoch bisbesajoch messamssjajoch

Zauberformel aus dem babylonischen Talmud, ihre Bedeutung ist nicht bekannt

Shalamuns Papiere

Unter den Sachen, die Shalamun zurückließ, befindet sich ein Papier mit Ihrer Adresse. Da dies die einzige Adresse ist – und der Name einer Frau, die er nie erwähnte –, wende ich mich an Sie mit dem Wunsch, jene Person zu erreichen, die übrigbleibt, nachdem andere sich für nicht zuständig erklärt oder als Irrtum erwiesen haben. Daß Shalamun nie von Ihnen sprach, Sie aus den Umständen seines Lebens heraushielt, die Person und den Namen im Dunkel ließ, ist ein Hinweis für mich, wenn auch keine Gewißheit, und gibt mir die Möglichkeit, an Sie zu schreiben. Ein anderer Mensch ist nicht da. Daß Sie erfahren, wo er sich befindet, oder daß er bei Ihnen auftaucht, wäre möglich, sofern Sie ihm flüchtig bekannt oder nicht bekannt sind. Sollte er Ihnen vertraut sein, wird er nicht kommen, denn ihn zieht nichts zu Menschen zurück, die er lange kennt. Da das Papier mit Ihrer Adresse alt ist, kann ich voraussetzen, daß er Sie kennt.

Mich kennt er auch, er kommt also nicht zurück. Er hat ein paar Wochen in meiner Wohnung gelebt – oder überlebt, wer wird das erfahren – und ist ohne Nachricht über Nacht verschwunden, ich könnte behaupten, daß ihm das ähnlich sieht. Er macht nicht nur Sachen, die ihm ähnlich sehen – ein Mensch, der keinem erlaubt, über ihn zu verfügen –, aber ich mache mir keine Gedanken um ihn. Shalamun kommt durch, er kam immer durch, und falls er nicht durchkäme, hätte er das gewollt, er hätte die Rattenlinie mit Absicht verfehlt und aus dem Verfehlen einen Scherz gemacht. In einer Nacht, im Februar dieses Jahres, traf ich ihn vor dem Entree des *Container*. Er stand, ein Umriß, allein, vor runtergelassenen Gittern, das Foyer dahinter war leer, Vitrinen und Plakate – Phantome von Tänzern und Frauen – schimmerten grau in grau im Zwielicht, das aus Laternen durch die Stäbe fiel. Ein kalter Platzregen ging zu Ende, Wasser fiel dicht und schwer vor grauen Fassaden, stach durch Platanengeäst ins Dunkel, und versprühte wie Wunderkerzen auf leerem Asphalt. Shalamun – ich hatte ihn nicht erkannt – stand unter tropfender Blechmarkise im Trocknen, ein déjà vu aus nächtlichen Metropolen, Verfolger, Beobachter, Gangster in gleicher Gestalt, doch ohne Sonnenbrille und schwarzen Hut, schien mich erkannt zu haben und sprach mich an. Ich erkannte ihn, als ich vor ihm stand, er sah – nicht beweisbar – nach Vergnügen aus, Leckisch, Laban, Tarnegiel. Die Zigarette im Mundwinkel brannte nicht, ich wollte ihm Feuer geben, er lehnte ab, SEIN GESICHT WAR GUT IM DUNKEL UNTERGEBRACHT. Wir unterhielten uns halblaut im lärmenden Regen, und gedämpfter, als er vorbei war, warum gedämpft, ich empfand den Zauber grundloser Konspiration. Die Nacht, gegen Morgen, war menschenleer, Shalamun sprach vom Regen, er liebte den Regen, für mich eine Neuigkeit, die nicht viel besagte. Vielsagend oder nicht, es war Shalamuns Regen – wenn Sie ihn kannten, kennen Sie seinen Regen –, es schien einen Regen zu geben, der ihm gehörte, er beanspruchte einen Regen allein für sich, genoß und verbrauchte einen eigenen Regen – Bilder von Regenbögen und Träume von Sintflut –, der erfrischender war als die Wasserböen am Lido, betörender als ein Nachtregen in BC.

Wir traten hinaus auf den Boulevard, aus Platanengeäst tropfte Wasser in das Gesicht. Die Trottoire schimmerten, Glanz aus Blei. Ein erster oder letzter Autobus schwamm leer und leuchtend an uns vorbei. Shalamun sah ihm nach und sagte, er schien zerstreut: Ich sollte mal wieder untertauchen, was glauben Sie. Ein paar Tage weg, vielleicht etwas länger – haben Sie einen Wandschirm in Ihrer Wohnung? Ich verspreche, kein Möbel aus dem Fenster zu werfen, in der Speisekammer zu singen und im Schlaf zu schweigen.

Während wir langsam, in wieder offenen Mänteln, über spiegelnde Dämme zum Lido hinuntergingen, fiel mir ein, daß ich seine Wohnung nicht kannte, in keiner seiner Höhlen gewesen war, in keiner Himmelsrichtung, an keinem Ort, den Shalamun als Zuhause bezeichnet hätte. Er hatte mich nie in meiner Wohnung besucht. Ich kannte ihn, einen einzelnen Optimisten, in Cafés und Bars am Mittag, in Weinhäusern nachts, nicht oft in Begleitung, meist allein – er stellte mir seine Begleiter flüchtig, die Frauen in seiner Begleitung selten vor, mit Namen und Titeln, die er schnell erfand. Ich lernte ihn in der Finnischen Botschaft kennen, wir teilten uns dort einen schwach bezahlten Job, der uns keinesfalls zu Geheimnisträgern machte. Wir unternahmen endlose Promenaden, durch Parks und Häfen, im Ödland der Peripherie, wie in jener Februarnacht auf leeren Dämmen, ungesprächig und ohne Gefühl für Zeit. Shalamun war Erscheinung – oder Gestalt – eines Menschen, der in Zwischenräumen zu existieren schien, in Absteigen oder Luxushotels verschwand, hinter Kellerwänden und Drehtüren etwas machte und aus Hinterklappen wieder zum Vorschein kam, durch unscharfe Öffnungen zwischen Raum und Zeit, aus elegant verborgenen Ressourcen, der Herr im Nadelöhr und im Passepartout, immer gesellschaftsfähig und heller Laune, in Auftritt, Kleidung und Redeweise perfekt. Seine Höflichkeit konnte so vollkommen erscheinen, aus Absicht kühl und kristallen aus Ironie – die gegen ihn selbst und jeden gerichtet schien –, daß der Wunsch, eine Ohrfeige zu plazieren, vor dieser Erscheinung natürlich war. Er schien das zu wissen, und es freute ihn. Noch in der Nachlässigkeit erschien er perfekt. Krankheit, zerrissener Mantel, entzündete Augen – das schien nicht in Handikap oder Schmerz begründet, nie unerwünscht, nie ohne Form zu sein. Das erschien als Ausdruck eines verborgenen Plans. Es ist möglich, daß ich mich täuschen ließ.

Seine Frage überraschte mich nicht, und ich überlegte, warum er mich – gerade mich – in Anspruch nahm. Kannte er mich, oder glaubte er mich zu kennen, war ihm kein andrer fern oder nah genug? Blinde Stelle im Glas – ein Ausdruck von Shalamun, der vor allem ihn selbst zu betreffen schien. Wir gingen langsam, blieben im Dunkel stehen, zwischen winterfesten Buden des Spanischen Parks. Ich sagte, Sie können zwei Zimmer haben, sofort, wenn Sie wollen – kommen Sie mit!

Er schien das erwartet zu haben, ich sah sein Lächeln, die Genugtuung eines Prinzen, der viel erreicht. Er bedankte sich und sagte: Ich komm nicht im ersten Moment, und nicht im letzten.

Kommen Sie, wann Sie wollen, rufen Sie an, die Adresse –

Ich werde Sie finden, sagte Shalamun.

À dieu, ein Gruß, der seinem Spott gefiel, er gebrauchte ihn oft. Dann verschwand er in einer Tiefgarage, ich hatte ihn nie in einem Wagen gesehen.

Erkennen Sie Shalamun in diesen Sätzen. Shalamun ist sein Name, aber heißt er so? Derselbe Name stand in seinem Paß. Ist das der Name seiner Abwesenheit, oder trifft er auf seine Gegenwart zu, SHALAMUN. Ein babylonisches Lebewesen, der Herr Simultan. Als wären nur Bruchteile seines Wesens da, wo der Mensch sich aufhält. Wo fehlte er während eines Spaziergangs mit mir. Wo wurde er während dieser Zeit vermißt. Unter welchen Namen existiert er dort.

Ich dachte nicht länger an Shalamun, nachdem er im Parkhaus untertauchte – ich denke an ihn erst, seit er verschwunden ist –, bis er zwei Wochen später, und wieder nachts, an meiner Tür in Erscheinung trat. Die Klingel tönte kurz, wie von schlechtem Gewissen geläutet (angeschlagen von einer Katzenpfote), und ich konnte mir denken, wer das war. Shalamun, er hatte nicht telefoniert, ein Umriß, allein, in schwerem Mantel, mit schwarzer Lederkappe und weißem Shawl. Er räumte sofort alle Taschen aus – Bücher, Rasierzeug, Papiere auf einen Stuhl, Wäsche, Tennisschuhe, ein paar Kassetten, und warf den leeren Mantel auf einen Tisch. Aus den Jackentaschen kam kleiner Besitz – Büchsen, Schlüssel, ein Kamm und viel loses Geld, Dollars, Gulden und Schekel in Münzen und Scheinen. Er zog einen Wollpullover aus seiner Hose, ein paar abgegriffene Stadtpläne von BC, einen einzelnen Goldring – für das Ohr einer Dame? –, sonderbar anonyme Materialien, ich fragte mich, was in den Taschen blieb. Er schaute belustigt auf das Ausgepackte. Ein Haufen Unentbehrlichkeit, mehr als ich dachte, mit einem Koffer wäre ich aufgefallen. Wenn einer hinter mir her war – Pech für ihn, ich hab alle Schatten abgehängt.

Er stand eine Weile da und war amüsiert, dann wollte er die Höhle, sein Zimmer sehen, den Palast, wo der König sich die Fußnägel schneidet und der Narr ihm Geschichten erzählen soll.

Zwielicht der nächtlichen Wohnung, hohe Räume, matte Beleuchtungen unter Augenhöhe, verschattete Zimmerwinkel, dunkle Decken, die Wände leer. Eine Waschbeckenküche mit feuchtem Fenster, ein verwitterter Badesalon ohne Spiegel, ein Spiegel ohne Rahmen im Korridor. Letzte Etage über steinernen Treppen, staubige Dachbaracke hoch über BC, die mit keinem Lift zu erreichen war, aus der kein Müllschacht in den Untergrund ging, ins Chaos der Rattenkönige und Kadaver, wo – wer weiß, seit wann – Krokodile lebten, in Urstromkanälen voll Koprolalien, Aas, Schleim, Verflüssigung und erstikkender Gärung – das quoll durch Ventil und Leck in die U-Bahn-Schächte, in Safes und Labyrinthe der Souterrains, vierhundertmal Art und Abart von Schlamm und Fäulnis, in die Fundamente der Plazas und Autobahnen, Synagogen, Tempel und Industrien und schwemmte unablässig hinaus in die Buchten, trübte die Küstengewässer, verschlammte die Brandung und schäumte schwer und stinkend an Land zurück. Man schüttelt die Hunde und die Bettler ab, steigt über endlose Treppen unter den Himmel und ist beruhigt, wenn es nicht weiter geht. Da oben richtet man seinen Käfig ein, blickt auf die Ränder der Welt und hofft auf Erlösung. Die Skyline verdunkelt sich im Staub von den Stränden, ein verirrter Reiher fliegt mit schweren Flügeln, eine Montgolfiere treibt hoch im Wind, altväterlich, träge, und wirbt für Parteitage, Boxkämpfe, Zigaretten. Und am Anfang des Sommers, aber das ist selten, fliegt eine Wolke aus Blüten über die Stadt, aus den Gärten des Hinterlandes, hell, duftend, unfaßbar, und das ist das Glück.

Ich bin hier gewesen, sagte Shalamun. Erinnern Sie sich, wem die Wohnung gehörte?

Der Mann hieß Jean-hau-ab, er verschwand über Nacht, kam nochmal vorbei mit einer Dame, sie vermißte ein Sommerkleid oder einen Hut. Shalamun erinnerte sich an den Namen, danach an den Mann. Wer oder was er war, schien kein Mensch zu wissen, und ob er noch lebte, war zweifelhaft. Für Recherchen gab es keinen Grund. Und hatte man mal mit seiner Maitresse geschlafen, dann spielte das heute keine Rolle mehr. Dabei kann es bleiben, sagte Shalamun.

In der Nacht war eine Wohnung nicht leicht zu erkennen. Der umgebende Raum verschwand in Fenstern und Spiegeln, zog sich zurück und war kein Teil von ihr. Man erkannte eine Wohnung nur am Tag, wenn Eigenschaften des Lichts, Geräusche, Distanzen, die private Suite zum Bestandteil des Weltraums machten, trotz dicht geschlossener Gardinen und tickender Uhren, Gemälden, Tapeten, Musik und elektrischem Licht. Kleiderschränke sind Bollwerke gegen den Raum. Speisekammern, Betten und Badewannen, das widersetzt sich dem Sog der Zeiten und Räume. Heizkissen, Wärmflaschen, Stereo, Neon – geeignet, die Leere vergessen zu lassen, den unendlichen Raum, der die Materie zurücknimmt, egal, in welcher Form man sie hinterließ. Das ist die Hälfte der Wahrheit, sagte Shalamun. Die andre Hälfte besteht darin, Fenster und Fensterläden dicht zu machen, Vorhänge zuzuziehen und Türen zu schließen – daß die Inhalte in den Häusern bleiben, die Sessel, Kissen und Kaffeemaschinen, und kein Ding sich verflüchtigt in andere Räume, kein Stoff die Sonne verdunkelt, die Luft verstopft. Die Ratten verlassen Atlantis, das sinkende Eden, und die Haustiere setzen sich in den Weltraum ab. Ich bin der Prophet, sagte Shalamun, Sie sind meine Wüste.

Wir machten ein Fenster seines Palastes auf. Über Brandmauerfluchten ohne Schein, über Teppichböden der City aus schwarzem Park, hinter blinkenden Wassertürmen, erhellten Kuppeln, hing an Flutlichtketten die endlos dunkle Corniche, belebt von Feuern der Küstenwache, vereinzelten Fähren und Spielschiffen unter Licht. Glanz und Geräusche der Nacht in Babylon-City, wenn der Limbo weit und pauschal vor Augen lag, INFERNALISCHE SCHÖNHEIT IN OSIRIS' SCHLEIERN, und der große Gestank im Wind auf dem Meer verflog. Shalamun sah das Panorama mit Genugtuung vor sich, weil er, wie ich, die Schattseiten kannte, die versteckten Folterverschläge und ihr Geheul, die Rattenlinien, die Blutbäder und die Bordelle, die Umschlagplätze von Mafia und Weißen Westen, und ihre Beletagen und ihre Slums, ihre blendende oder sinistre Festlichkeit, die verborgenen Messingstädte und was drin lebt. Cielo di bave sopra gli attici giallini che in semicerchi immensi fanno velo alle curve del mare. Ich habe nicht festgestellt, wo Shalamun lebte, ihn nie nach einer Adresse gefragt, und ob das Wohnung war, wo er untertauchte, und woher er in dieser Nacht gekommen war, ob Freistatt, Zuflucht oder Unterwelt. Shalamun sah sich in der Wohnung um, elastische Bewegung, langsam tigernd, vor verschlossenen Türen wartend – erlauben Sie? –, geschmeidiges Raubtier auf Erkundung. Er schien nichts Ungewöhnliches zu entdecken, doch ich konnte sicher sein, daß er alles bemerkte, was für ihn von Nachteil und von Vorteil war. Die Höflichkeit war sein Spiel, unfehlbar, heiter, sie schien keinen Gegenstand berühren zu wollen, er faßte nur Türklinken, Tische und Stühle an. Sein Respekt, gespielt oder ernst, gab dem Raum Bedeutung – entlegen und unauffällig im Bauch der City, er schien zu wissen, was daran kostbar war. Der ausgepackte Besitz lag noch auf den Stühlen, und in die Fenster, durch beschlagene Scheiben, kam das trübe, dann steingraue Licht des frühen Morgens, wesenlos, trocken, brüchig, ein dunkler Tag. Er legte sich auf das Bett in seiner Höhle – auf das Königslager in seinem Palast – und schlief wie ein Kind, das nur Schlafen kennt, in tiefer Erschöpfung willenlos, mit angezogenen Beinen, Gesicht zur Wand, ein von mir Gefangener, warum gefangen, ein durch mich und die Wohnung Befreiter, wovon befreit. Ein vertrauter Unbekannter, der lautlos schlief.

Ein Grund dieses Briefes an Sie, Stella Fani, ist Ihr Interesse an Shalamun. Könnte ich mir ein Bild von Ihnen machen, Steckbriefansicht einer Unbekannten, oder ist es besser, das nicht zu tun. Ich frage, wer Sie sind oder wer Sie waren – der Zettel mit Ihrer Adresse ist nicht neu –, und kann mit provozierenden Bildern spielen. Das Spiel ist reizvoll und hat keinen Grund, es kann Verführung und Enttäuschung sein, und könnte gefährlich werden, nicht für Sie. Hat der Geist Shalamun mich angesteckt, daß ich an Ihrer Adresse Chicago zweifle und einen POLPERRO-DRIVE für unmöglich halte, fast komisch fand. Das könnte ein Deckname, eine Tarnung sein. Sie sind vielleicht nichts, und können vieles sein: eine Anima, eine Ausgeburt, eine Geliebte; die Schwester, die Tochter, die treue Vertraute; eine Reisebekanntschaft, die Halbgöttin eines Nachtclubs, ein Engelchen für den Notfall und ein Traum. Etwas von alledem muß STELLA sein. Ich kann mir kein Bild von Ihnen machen, doch der Vorstellung glauben, daß es Sie gibt.

Shalamun war ein paar Tage und Nächte da, er lebte, wohnte, träumte, verbrachte die Zeit, er hielt sich in meiner Wohnung auf – nicht leicht zu sagen, denn ich sah ihn kaum. Er war damit beschäftigt, verschwunden zu sein. Sein Verschwinden schien eine Hommage an Unbekannt, und ein geisterhaftes Geschenk an die eigene Person. Die Gefahr, die ihn umgab – zu umgeben schien –, konnte Fata Morgana, Spleen oder Tatsache sein, er schien sich mit Vehemenz darin zu verlieren, Unheimlichkeit, die dem Spieler willkommen war. Oder ein Nachtmahr drückte ihn – so verheerend, daß er alles versuchte, ihn loszuwerden, Verwandlung von etwas Entsetzlichem in ein Spiel, dessen Schein und Gesetz er selbst inszenierte, allein zu beherrschen wünschte, ein Souverän. Ich fand es seltsam, einmal mehr kurios, daß der Untergetauchte mit offenen Fenstern lebte (in allen Räumen flogen Papiere herum). Er stand weithin sichtbar über BC im Wind, er stellte sich als Zielscheibe in den Raum, für ein Gegenüber, von dem er mir nichts erzählte, er schien ein Ungeheuer ködern zu wollen. Aber vielleicht gefiel ihm der Wind, der in diesen Tagen die Küste zu reinigen schien, Ströme aus Licht und Luft, die den Smog zerstreuten, vor Wasser- und Weltrandbildern aus klarem Blau.

Er stand, ein Umriß, allein, hoch über BC (das sein unerschöpfliches Mysterium war), mit ausdruckslosem Gesicht und flatterndem Kragen, und las die Panoramen wie einen Plan, in dem sich das Unbekannte verborgen hielt, in Beton- und Steinmillionen zersplitterter Gott, Chamäleongeist im Raum, in Meerlicht verschollen, in Staub und Gestank des Limbo – BARCHE, BARCHE! Lichterscheinung aetherischer Potentaten, Kraken der Lüfte, im All sich windend – PORCHE SIKE LIMRIKE, BICH, BICH! Er sah in der Nähe den Abriß des Palace-Hotels, Sperrgebiete voll Schutt, Deadend der Container, Staubverfinsterung, Kräne und Palisaden, Gestank von Morast und Ziegel, Karbid in der Luft. Die Ruine stand zur Hälfte da, schwarz von Wetter, zerrissen von Explosionen, als beginne in dem Koloß ein Krieg, zerdrücke Panzerungen und breche aus, durch Treppenschächte, Balkone, Fensterhöhlen – Gardinen vom Wind in die Räume gesaugt und ins Freie gerissen, dröhnende Innenräume, Preßluftattacken, Hammerschläge wie Gongs in Wüstentempeln, Fahnen aus Mörtel, Betonstaub, Feuer –, und plötzliche Ruhe ohne Geräusch, in Erwartung des letzten Donners, erlöst von Klirren, als zersplittere ein Gewölbe aus Glas. Auf dem Schauplatz war kein Mensch zu sehen. Der Abbau schien sich von selbst zu vollziehen. Was mir fehlt, ist Angst, sagte Shalamun, wie anderen Leuten die Courage fehlt. Den Göttern muß das verheimlicht werden, man greift zu direkt in ihre Rechte ein, es ist auch besser, wenn eine Frau nichts weiß, aber allen anderen kann ich das sagen, weil kein Mensch mir glaubt. KEINE ANGST – er schaute mich an wie ein Bengel, dem die eigene Bosheit Vergnügen macht.

Wir trafen eines Nachts in der Küche zusammen, ich war von einer Reise wieder da, und er berichtete von einer Dame, die morgens in seiner Höhle stand, einen Schlüssel der Wohnung besaß und vor ihm erschrak. Sie schien von Shalamun nichts zu wissen (ich hatte vergessen, ihn zu erwähnen), er stand, mit nichts beschäftigt, im kalten Zimmer und bot ihr ein Glas Wasser an. Wie verhalten sich zwei Überraschte im Haus eines Dritten? Ich habe sie mit einer Geschichte verführt, ich habe mich als Ihr Leibwächter vorgestellt. Es besteht die Gefahr, daß man Sie entführt. Ihre Geschäfte berühren mich nicht, sie sind wie die eigenen keine Auskunft wert, aber die hübsche Sophie ist eine schwache Komplizin, kein Pferdestehlen, mein Herr, mit dieser Dame, und wenn sie die einzige ist – eine Frau zuviel. Sie haben den Fehler gemacht, ihr zu vertrauen. Sie können den Zufall nicht ausschließen oder beherrschen, doch was soll der Zufall in Gestalt dieser Frau. Ich bat sie um Ihren Schlüssel, er liegt auf dem Tisch, sie legte ihn ohne Seufzer auf den Tisch. Sie können sich, wenn Sie wollen, bei mir bedanken, und Sie können sich überlegen, was Sie ihr sagen, sie erwartet Ihren Anruf, rufen Sie an.

Er deutete eine Verbeugung an, mit gespieltem Respekt und so förmlich wie dieser Satz. Meine gemischten Gefühle belustigten ihn. Er lud mich zu einem Spaziergang ein.

Am nächsten Tag fuhr Shalamun im BMW auf eine Mole, parkte den Wagen am Rand der Brandung, hielt sich ein paar Stunden im Wagen auf (während Schaum auf Karosserie und Scheiben klatschte), ging in der Nähe des Wagens auf und ab und, da nichts passierte, zu Fuß in die City zurück. (Spielende Kinder beobachteten einen Mann unbestimmten Alters, der sich ohne ersichtlichen Grund am Ende der Großen Mole aufhielt, in der Nähe eines gestohlenen und widerrechtlich geparkten PKWs, und gegen Abend plötzlich verschwand.) Wir wollten uns nachts im *Polonius* treffen, er tauchte nicht auf. Ich ging in meine Wohnung, er war nicht da. Das hatte der Große Komplize gut gemacht. Ich wußte nichts von seinen Taten und nichts vom Grund seines Untertauchens, einmal mehr nichts vom Verschwinden an jenem Abend, und machte mir keine Gedanken, er ist Shalamun.

Gegen Morgen schellte das Telefon, es war Shalamun. Seine Stimme klang abgespannt, ein fernes Flüstern. Ja, hier Shalamun, verstehen Sie mich? Gut, bleiben Sie dran. Hallo? Ich hörte die Stimme einer Frau: Können Sie zu ihm kommen – wenn möglich sofort –, wir schicken jemand ins *Candide* – ja, holt sie dort ab –, *Candide*, Nähe *Watership* –, in einer Stunde? –, ja, ungefähr eine Stunde, und noch was, er braucht sein helles Lederjackett, er sagt, es hängt in seinem Palast –, ja, das hat er gesagt, das helle Lederjackett in seinem Palast.

Ich ging durch die City zum *Club Candide*, im frostigen Zwielicht zwischen Nacht und Tag – *Hotel Saragossa, Hotel Pasteur, Boulevard Euclid* –, an Bretterverschlägen des Wintergartens vorbei, an hohen Ziegelmauern der Charité, Shalamuns Jackett in einer Plastiktüte, die mit NEUTRAL VARNISH TOKYO beschriftet war. Wann immer ich morgens durch Babylon-City ging, war im Unsichtbaren ein Vogel zu hören, einzeln, entfernt und klar, ein Signal ohne Grund. Der Club war zu, die beschrifteten Scheiben dunkel, ich wartete zwischen den Troddeln des Baldachins, in Wind und Menschenleere der Avenue. Ein Streifenwagen stand ohne Licht gegenüber (ich sah: die Sitze waren leer) und zwischen Platanenstämmen ein Pissoir, graziöser Kuppelbau aus geteertem Blech. Ich wartete lange, bis etwas geschah. Vom Ende aller Straßen kam eine Gestalt. Sie bewegte sich langsam an Kellergittern entlang, ein einzelner Mensch, der größer, dann kleiner wurde, bis weder groß noch klein ein Kind vor mir stand. Es war ein Mädchen.

Große graue Augen schauten mich an. Shalamun?

Shalamun ist nicht da.

Das Mädchen lachte. Wir gehn ja hin! Sie schien so oft wie möglich lachen zu wollen.

Weit?

Um zwei Ecken herum. Ist die Jacke da drin?

Ihre Fingerspitzen faßten die Tüte an. Ich fragte das Kind nach seinem Namen.

Soll ich ihn sagen, oder willst du ihn wissen.

Sag ihn, ich will ihn wissen.

Tina. Und du?

Welchen Namen willst du wissen – den ältesten oder den letzten, den zweiten, siebten oder elften, zwei gestohlene oder drei geschenkte, alle falschen oder einen echten.

Einen falschen!

Herr Kellerchen Downstairs.

Und der echte?

Es gibt keinen echten.

Sie blieb zwei Schritte zurück, sie sagte: ich will keinen Namen wissen.

Schade, es gibt noch andere.

Nein.

Es gibt noch viele.

Nein.

Es gibt noch zehn unbekannte, schöne Namen!

Sie sagte: nein.

Ich erkundigte mich nach Shalamun. Sie sagte: er ist auf die Nase gefallen.

Auf die Nase! Wie hat er das gemacht.

So sagt man doch.

Heißt das, er ist verletzt?

Weiß ich nicht, nein. Sie schüttelte den Kopf. Sie schien nicht zu wissen, was Verletzung war.

Er liegt eben auf der Nase.

Armer Shalamun, er atmet durch die Ohren.

Durch die Ohren! Sie freute sich.

Sie trug eine weiße Mütze, Pullover und Jeans. Dunkle Augen, farblos im frühen Licht, helle Stimme wie acht Jahre Glück. Wo kam diese Sprotte her, so klein und froh, was waren das für Habichte oder Raben, die ein Kind allein auf nächtliche Wege schickten.

Unser Engel
ist verkleidet

über den Flügeln
ein graues Hemd.

Das Gesicht des Kindes schien mir zu vertrauen. Wer zu Shalamun kam, war der richtige Mensch, es gab keinen unrichtigen oder falschen. Sie führte mich durch verlassene Straßen, vorüber an Warntafeln des Rayon, ein Bezirk von BC, der mir nicht fehlte. Das Gebiet, überstürzt geräumt, lag seit Jahren verödet, Todesschneise, die Babylon-City teilte, Menschenleere, grau von Zertrümmerungen, übrige Szenerien ohne Gebrauch, Reste von Messehallen, von wem bewohnt, verrammelte Läden, Parterrewände voll Urin, ein paar Tankstellen außer Betrieb, ein geborstenes Hotel. Papiersäcke, Eisenteile, verkohlte Balken, von sinnloser Energie im Gelände verstreut. Matratzen voll Nässe und verfaultem Stroh. Ein paar leere Säcke, an Fensterkreuzen erhängt. Vor einer Treppe ein Körper, vielleicht ein Hund, verbraucht oder unlebendig wie alles hier. Rauch über brennendem Müll und verseuchte Gärten, HIER SCHAFFT MAN DAS UNGELEBTE DER TOTEN HIN. Daß man hier Vögel sah an hellen Tagen, Ratten und Hunde sah man überall. Der Tag fing an, er schien aus der Höhe zu fallen, mit gefräßiger Heiterkeit den Rayon zu verschlingen. Ich sah im Licht die grauen Augen des Kindes. In der Frohsinn erregenden Gottlosigkeit des Limbo, im Vergnügen des Neinseins, das Shalamun mit mir teilte, offenbarte mir diese Gestalt eine Chance, für wen. Verzweiflung der Kinderdiebe und ihr Verlangen. Ich begriff, daß man Kinder stehlen kann.

Wir sind bald da!

Sie schien mir eine Freude machen zu wollen.

Wir verließen den Rayon durch Fabrikgelände, in Hangars ohne Glas standen tote Maschinen, Eisenflügel der Tore hingen offen, uns beschattete niemand, ich war mit dem Kind allein. Wir gingen an bewohnten Häusern vorbei, mit intakten Regenrinnen und Treppengeländern, an schweren Etagenpalästen mit hellen Veranden, und liefen durch ineinandergreifende Höfe, halbdunkle, hallende, voller Sträucher und Tonnen, und ich hörte noch einmal die Morgenrufe des Vogels, des einzigen in BC, er zeigte sich nicht.

Wir standen nebeneinander und hörten den Vogel.

Was ist das?

Vielleicht eine Amsel.

Eine echte?

Es gibt nur echte.

Fünf Rufe weiter und wir waren da, am Hintereingang eines Hotels. Es war das *Old Haifa*. Das Kind verschwand. Es war in den Korridoren nicht mehr da, ich sah es nicht wieder (das berichte ich weniger Ihnen als mir selbst). Aus Toiletten fiel Licht auf hölzerne Treppen. Ein getäfelter Gang ging an offenen Sälen vorbei, im Foyer dahinter stand eine Dame, Nachtgeist des Hauses im Seidenkostüm, ich erkannte die Stimme aus dem Telefon. Es war ein Etablissement der dezentesten Art, nach Tropic duftend und erfreulich dunkel, ein Lämpchen warf rosige Muster auf den Empfang. Echte Rosensträuße und tiefe Sessel, und Watteau-Motive in kostbaren Reproduktionen (Liebespaare, wandelnd unter Bäumen). Der Schlüsselkasten war leer, das Haus schien voll, ich zählte sechzehn Zimmer in drei Etagen. Sie führte mich parterre durch entlegene Flure, vor eine Flügeltüre am Ende des Gangs. Während ich klopfte, hörte ich Shalamun.

Gentleman, treten Sie näher, nehmen Sie Platz, hier müssen irgendwo Stühle sein, in der Garderobe da hinten, ziehen Sie den Vorhang weg – ja, ziehen Sie den Hut, bedecken Sie Ihren Kopf, Sie befinden sich auf historischem Boden, Schauplatz berühmter Verbrechen und Leidenschaften. Hier fanden die Orgien der vierziger Jahre statt, die Séancen und Waffenauktionen der Syndikate, die Wohltätigkeits-Basare der Molotow-Sisters, die Alibi-Partys der allerweißesten Westen, des Geldwäscher-Adels aus London und Orient, der Apostel und Zombies aller Nachtclub-Branchen. Hier pflegte man, mit Humor und Verve, die unmittelbaren Interessen des Unterleibs – wenn Sie an die großen Kanaillen denken – Panda Maria, Arletti Vantongerloo –, hier wurde Seide zerrissen, mit Blut gewaschen, auf Scherben getanzt und Geld vor den Fenstern verbrannt. Hier spielten die Combos aus Cuba und Rio del Plata, die Bands von Jazebal, Pigalle und Porto, und vor allem hier, in diesem Saal, produzierten sich die berühmtesten Entertainer, die Narren und Stimmungskanonen des Kapitals. Im Ernst, mein Freund, während eines Banketts für vierhundert Köpfe hat Pat Bou seine Tochter an den Mann gebracht – das war Tuby Roettke – und ihn anschließend umgelegt, gleich nach dem Dessert, was ihn und die Witwe in die Lage brachte, sich um den nördlichen Sektor zu kümmern, das heißt um Taxifirmen in Maine und Toronto, alle Imkereibetriebe in British-Columbia, ein paar Dutzend Sägewerke und Raffinerien, ein Wachsfigurenkabinett im gemütlichen Boston, einen Pornoverlag, ein paar Saunen und vieles mehr. In diesem Saal hat Céline – oder Maurice Sachs – vier Tage und Nächte im Vollrausch verbracht, da, hinter der Bühne, wenn Sie den Vorhang wegziehen – im Bettchen des Kindermediums Leila Tow –, und erlebte die Ausnüchterung als schweren Schlag, als furchtbaren Rückfall in die Existenz, und weil ihm nichts übrig blieb, als Prosa zu schreiben. Hier im *Old Haifa*, in diesem

Saal – und nicht in Paris, wie behauptet wird – starb André Malraux, das heißt, er wurde von Terroristen erschossen, so hatte sich das Schicksal den Scherz erlaubt, die große alte Eiche umzulegen, und er kann mit seiner Legende zufrieden sein. Hier wurde Vanilda Pia, DIE ROSE DES NORDENS, von Mardi und seinen Leuten zu Tode gehungert, weil sie sich weigerte, mit ihm zu schlafen, bei verrammelten Läden und bewachten Türen, bis sie Gardinen fraß wie eine Ziege – sie erstickte an einem Knöpfchen ihres Korsetts. ALL IHR SCHERZE MEINES HAUSES, LACHT! In einer Hochsaison des Faschismus – welcher? – war das Haus hier Waffendepot der Résistance, danach Kantine einer Burschenschaft, dann Sitz der ATOLL-KOMMISSION, was immer das heißt. Und heute – sehen Sie den Zustand des Hauses, zu Tränen rührend sauber und famos, kein Peep, kein Puff, kein Blutvergießen. Sie sind hier, mein Herr, in einer Kundenablage, gediegene Durchlaufstation für die mittleren Mäuse, macht nichts – ich bin in dieser Absteige ganz privat, auf liegende Weise, wie das hier üblich ist. Entzückende Frauen nehmen sich meiner an, und ein ärztlicher Widergänger mit Apotheke betreut das Haus und auch mich auf dezente Weise – Dank für die Tüte. Haben Sie die Jacke mal umgedreht – mein Leben steckt da drin, ich bezahle in bar.

Der Saal war matt beleuchtet und nicht geheizt.

Tapetenwände aus Falschgold und Allegorien, ein verstaubter Spiegel, ein Tisch aus Glas. Die Decke war finster, das Parkett zerkratzt. Die Fenster mit Läden geschlossen, verhängt von Gardinen, das Podium leer. Ein paar Gartenstühle standen herum (der Saal schien von Bäumen umgeben zu sein). In der beleuchteten Ecke ein Haufen Möbel, wie Teile eines beiseite geräumten Altars. Shalamun lag halb aufgerichtet in einem Bett, massive Lagerstatt auf Löwentatzen. Eine Lederdecke lag schwer auf ihm, seine Brust war frei. Ein Arm steckte in Bandagen, ein Fuß in Gips. Am Hals eine Schramme, ich sah getrocknetes Blut. In Reichweite Radio, Tablett und Medikamente, auf dem Boden Champagnerflaschen, voll und leer. Shalamun ließ den Kopf an die Bettwand sinken, atmete hörbar und sprach nicht mehr.

Ich zog einen Gartenstuhl, kalt, aus Eisen, in die karge Beleuchtung neben ihn. Nach zwei Minuten hatte er sich erholt. Die Lider bewegten sich, der Blick war fest, und er lächelte wieder.

Ein bescheidener Fehltritt, ich bin gestürzt. Er kam, wie immer, der Frage zuvor.

Daß er gestürzt sein sollte, schien unwahrscheinlich. Wie immer war, was er sagte, nicht ganz intakt. Das konnte die Wahrheit oder ihr Stiefbild sein, ein luziferischer Flirt mit dem Glauben dessen, der auf seine Auskunft angewiesen war. Er erfand seine Tatsachen oder verschleierte sie, und nahm, was ihm zustieß, nicht als Gegebenheit an (Sie könnten zustimmen oder widersprechen). Er machte keinen Versuch, sein Malheur zu erklären – eine Frage des Stils? –, egal, ob ihm geglaubt wurde oder nicht. Er war durch Blutverlust und Schock geschwächt, doch nicht unzufrieden mit seiner Lage. Er schien im Saal des *Old Haifa* am richtigen Ort.

Er sagte: einmal am Tag kommt eine Katze unter dem Podium vor, sieht mich an und läuft vorbei. Es scheint hier Mäuse zu geben, was meinen Sie.

Später erfuhr ich, wovon er sprach. Alles, sagte er, verstehen Sie – alles: Tropfsteingrotten und Kloaken, Bleidächer, Schlachthäuser, Klosterzellen, in Gräbern versteckt sein, in Holzöfen leben, durch Kamine flüchten, im Frigidaire überwintern – alles, aber kein Champ des Rats. Ich habe hier eine Vision zuviel – Ratten. Nie so unvorteilhaft herumgelegen.

Danach war von Ratten keine Rede mehr. Wann immer ich zu ihm kam, brannte Licht am Bett, der Rest des Saals lag im Dunkel, ohne Geräusch. Die Dunkelheit roch nach Weinsäure, Staub und Spray. Zerlesene Zeitungen häuften sich auf dem Bett, es tauchten Bademantel und Bücher auf. Eines Abends lehnte ein Stock am Bett, und wir liefen, Schritte trainierend, im Saal herum. Ich begegnete Frauen an seinem Lager, sie verbrachten hier eine Pause zwischen Terminen, rauchend, Champagner trinkend, in Schleiern und Pelzen, wo Shalamun war, wurde viel gelacht. Manche lagen neben ihm auf den Kissen, mit offenen Augen an seine Schulter gelehnt, sie umlagerten ihn wie Kurtisanen, in Behagen und Sorglosigkeit mit ihm verbunden, während er sprach oder zuhörte, immer heiter, die Finger gedankenverloren an einer Brust. Ich war der einzige, der von draußen kam, ein Unbekannter, der nicht zu stören schien. Ich sah, er gefiel den Frauen aus gutem Grund. Eine Schöne aus dem *Old Haifa* sagte (ich brachte sie nachts in ein anderes Hotel): Ich weiß nicht, ob das stimmt, was er sagt, ist mir egal. Er kann tun, was er will, er gibt mir ein gutes Gefühl. Er macht sich nicht so wichtig und faßt mir nicht gleich an die Beine, und schwul ist er auch nicht. Wenn ich mit ihm bin, fehlt mir nichts.

Shalamun, der vom STURZ strapazierte, lag weiter im Bett, von Beschattetwerden war keine Rede und Untergetauchtsein ein offenbar chronischer Zustand, der mit oder ohne Verletzung wünschenswert war, er schien erfolgreich auf unbeweisbare Art. Was ihm zugestoßen war und was jetzt passierte, was hier eigentlich vorging, blieb weiter unklar, der Patient bezahlte bar aus der eigenen Tasche, und daß kein Dieb sich regte, sprach nur für ihn. Er schien eine Saal-Residenz geschaffen zu haben, Souverän eines Schattenreichs ohne Gesetze, umgeben von einem Hofstaat zufälliger Frauen, und der Außenminister – ohne Amt – war ich. Meine Tätigkeit bestand darin, mit dem Souverän in Verbindung zu sein. Sein Haus schien von Gegnern bedroht, die er selbst nicht kannte (kein Visionär war imstande, sie zu erkennen). Davon abgesehen war er informiert. Er wußte von allem, was draußen passierte, das Wissen des Untergetauchten war weit und tief – durch Radio, Zeitung, Berichte der Frauen? –, ich bin nicht dahintergekommen, wie er das machte, und sah, daß der Luftmensch kein Träumer war. Wirtschaftsverbrechen, Konzerte und Biennalen, Kinoprogramme und Parteiskandale, Ideologiedebatten und neue Schmöker, Weltraumprobleme, Affairen der Unterwelt – er schien das zu wittern oder zu erfahren und hielt, was er wußte, in Distance.

Als er kräftiger war, nach wie vielen Nächten (in der Stille des Saals verfiel die Zeit), gab er das Zeitunglesen plötzlich auf. Er bat um Papier und fing an zu schreiben. Er beschrieb, ohne Korrektur, ein Blatt nach dem andern, warf die Blätter neben das Bett und schrieb. Ich fand ihn von nun an schreibend auf dem Bett, die Frauen des Hauses schien das nicht zu stören, sie lagen wie gewohnt an seiner Schulter, blickten, ohne zu lesen, in seine Papiere, brachten ihm neue Papiere und tranken Champagner, und er unterhielt sich mit ihnen, während er schrieb. Fragen nach seiner Beschäftigung wehrte er ab – ein Leserbrief an den Nachtspiegel von BC.

Sonderbar taubstumme Nächte vergingen, er schien ohne Pause zu schreiben, geschrieben zu haben – Champagner, Schlaflosigkeit und träumende Frauen –, und hörte eines Morgens zu schreiben auf. Er rührte danach kein Blatt mehr an. Er betrachtete den ungeordneten Haufen, auf fidele Weise amüsiert, und sagte: wollen Sie was lesen? Nehmen Sie's mit.

Die japanische Tüte war noch da. Ich entzifferte die Papiere in einer Nacht.

Und so weiter, sagte Shalamun. Haben Sie was in dem Papier entdeckt? Wenn Sie was entdeckt haben, sagen Sie es – nicht mir! Sagen Sie es – er blickte sich um – da zum Fenster raus.

Er stand in der Mitte des Saals, ohne Stock, allein, die Bandage war durch Pflaster ersetzt, der Fuß ohne Gips (ich hatte hier nie einen Arzt bemerkt). Ein Fenster war geöffnet, von einer Frau? Nächtliche Märzluft strömte in den Saal, Geruch aus Sprit, Morast und Meer. Ein Park war vorm Fenster, ich sah durch die Bäume in ein dunkles Gehölz.

So ist es, sagte Shalamun, von etwas Verborgenem angetan. Er kippte die Tüte aus und zerriß das Papier.

Ich kann nicht erklären, was vor sich ging. Shalamun lachte. Er riß die Papiere auseinander, wie es schien ohne Mühe, trotz seiner Verwundung, so unbedingt, voller Vergnügen, in heller Gewißheit, daß ich ihn nicht daran zu hindern versuchte.

Dann war er erschöpft. Er schien sich seiner Verletzung wieder bewußt, legte sich auf das Bett und dankte (betäubt von Schläfrigkeit, höflich flüsternd) und schlief bald ein. Am nächsten Morgen war er nicht mehr da.

Was ich schrieb, ist ein Vorwort zu seinen Papieren. Shalamun ist verschwunden, einmal mehr, und mit ihm der sichtbare Teil seiner Existenz, der unsichtbare ist noch da. Es verschwand die unbekannte Person Shalamun, ein Mensch dieses Namens (er könnte aus dem Fenster geklettert sein). Nicht verschwunden bin ich, der einzige, der ihn kennt, weil er seine Papiere gelesen hat. Ich habe die Schrift entziffert, die Blätter geordnet. Seine Handschrift flog auf den Bögen davon, er warf seine Wörter und Sätze von sich, verschwendete Satzzeichen und Papier. Hat Shalamun Ihnen Briefe geschrieben? Dann hätte er sich lesbarer mitgeteilt. Ich buchstabierte die Schrift eines Menschen, der nicht damit rechnet, wahrgenommen zu werden, im Verständnis andrer interessant zu sein, mitwirkend an ihren Geschäften und Illusionen, er spekuliert nicht auf Menschen, er ist Shalamun. Daß er die Blätter vernichten könnte – einzigen eigenen Hinweis auf sich selbst –, war keine Befürchtung in jener Nacht, ich hätte sonst

Fotokopien gemacht. Mit Vergnügen respektiere ich jeden, der keinen Wert darauf legt, respektiert zu werden – aber ich hätte Kopien gemacht. Blaubarts Zimmer wurde aufgebrochen; der Capunero-Palast wurde nicht betreten, obwohl Musik in den Räumen war.

Die Papiere begannen, wie Feuilleton, mit einem Spaziergang durch BC. Shalamun schrieb ICH. Dieses ICH war er in Gesellschaft seines Souffleurs, begleitet von Spottdrosseln aller Art. WALKING AROUND, BC AM SPÄTEN MORGEN – es wurden ein paar Plätze genannt: Bellevue, Kaminsky, Pariser Plan (dort schien er die U-Bahn verlassen zu haben, wo er einstieg, war nicht erwähnt), Boulevard Cascata, Cäcilienrondell, ein Pennymarkt, der keine Rolle spielte, und das *Explic*. Der Tag des Spaziergangs war nicht datiert. Es schien Mitte März gewesen zu sein – vier Monate her –, denn ich traf ihn Anfang März im Entree des *Container*, er sprach von Untertauchen in jener Nacht. Shalamun war unterwegs, das war sein Vergnügen (Ideal aus Neugier und Distance), ein Komödiant, der alte Rollen spielte, Sichtbarwerden, Erscheinen, Verschwundensein. Tag beginnender Wärme in BC, Nachwinter, Vorsommer, wie die Launen es wünschten. Sind Sie, Stella, in BC gewesen, in welcher Saison? Der Limbo nimmt neue Räume in sich auf. Ein erster Zitronenfalter, ungreifbares Flimmern, durchschaukelt den Dampf einer Imbißbaracke, sie heißt *Caballero*. Licht und Meerbrise über spröden Plätzen, Platanenäste im Wind vor besonnten Fassaden. Es ist der betörende Augenblick, ein kinderglückliches Ah! und Oh!, wenn in BC die Brunnen geöffnet werden, die Fontänen des Borgia-Rondells in die Höhe schießen, Schaum, Wasserdonner und frühe Blüte, und im Benzinrauch ein Duft – aus wie vielen Gärten.

Shalamun nahm das wahr, instinktiv, mit Behagen, und landete später im *Explic*, Korbstuhlplatz in den Tischreihen vorm Café, plein air, eine zarte Sonne, Campari und Kirsch, die Häupter der Bourgeoisie beim Aperitif. Ich erfinde die hellen Beiläufigkeiten, denn ich hatte an seiner Gewohnheit teil und kenne die Straßenterrassen von BC. Auf Trottoiren schiebt die Menge vorbei, Shalamun ist nicht im Spiel, er betrachtet fremde Gesichter, ohne Anzüglichkeit und selbstvergessen, und daß er im *Explic* sitzt, hat keinen Grund. Da erscheint eine Frau, sie setzt sich an seinen Tisch. In den Papieren stand der Satz: ein heiterer Himmel dreht die Sekunde um, und Osiris ist da.

Die Beschreibung der Frau (die Schrecksekunde kam später) war sonderbar ungenau, aber detailliert. Er hatte sie für sich selbst, nicht für andre notiert. Das war ein Grund für das Flüchtige seiner Diktion. Er wechselte oder verwechselte seine Daten, er warf die Gegenwart in der Zeit herum. Aus den Papieren ging hervor, daß die Frau ihn verwirrte, *denn sie kannte mich. Es berührte mich, daß sie keine Schönheit ist. Eine durchtrainierte Erscheinung, Mitte Dreißig*, graziös und zäh; nördliche Aura oder English Touch; direkte, kühle Blicke, *die Fledermaus ist nicht scheu*; offener Regenmantel und flache Bluse – *eine Frau ohne Brüste?*, *habe ich nie geliebt*; braune Locken, graue Strähnen, er bemerkte zwei Ringe an der linken Hand.

Die Frau, schrieb Shalamun, ist ein Projektil.

Die Stimme der Frau war gebildet, knapp und kühl. Ihm gefielen volle Stimmen, melodische, klare, die lebendige Mitsprache eines Körpers, schöne Beweglichkeit von Lippen und Händen, eine Ausdrucksweise, die vieldeutig war. Der Austausch von Formeln amüsierte ihn – Guten Abend, verzeihen Sie die Störung, mein Name ist Mimchen –, das war bei der Unbekannten nicht der Fall. Sie nannte keinen Namen und grüßte nicht. Ob er wisse, daß man ihn beschatte. (Wissen Sie, daß man Sie beschattet. Das stand ohne Fragezeichen in seinem Text.)

Shalamun sah die Fledermaus entgeistert an (ein Satz, der nicht in den Papieren stand). Er war fassungslos, dann gleich wieder amüsiert – *Das ist ja köstlich, sagen Sie das nochmal!* Er schien es gerufen zu haben, er hat es geschrieben. Da ich seine

Schrift mit Mühe las, sind mir die Sätze in Erinnerung.

Ob ihm klar sei, daß er beschattet werde.

Das sei ihm keineswegs klar. Beschattet, von wem.

Beschattet von ihr und von andern, die Frau sagte WIR. Man beobachte ihn seit einer Woche.

Dieses WIR beeindruckte Shalamun.

Soll das heißen, Sie laufen hinter mir her!

Es gibt den Auftrag, Sie zu beseitigen.

Warum denn das! Shalamun lachte, sein Vergnügen war echt.

Der Auftraggeber sei ihr nicht bekannt. Die Beauftragte sei sie selbst, nicht sie allein.

Sie sagte: ich habe den Auftrag, Sie zu töten.

Aha, sagte Shalamun. Haben Sie es versucht? Mir fiel nichts auf.

Sie gab keine Antwort.

Wir beobachten Sie seit acht Tagen, sagte die Frau. Ich verstehe nicht, warum man Sie töten will. Warum will man Sie töten, wissen Sie das? Wer will Sie töten, wer ist an den Folgen interessiert.

Ich weiß es nicht.

Er sagte das übermütig (nehme ich an) und lachte. Die Unbekannte lachte nicht, sie kannte kein Lächeln.

In den Papieren stand der Satz: Ist das noch komisch oder schon grotesk; bin ich in einem anderen Spiel.

Reizend, daß Sie mich fragen, sagte Shalamun. Hat das Opfer Zweifel in Ihnen erweckt? Welches Interesse haben Sie an mir. Irgendein Interesse haben Sie doch. Sie behaupten, mich zu kennen, ich kenne Sie nicht. Sagen Sie, was Sie von mir wollen. Wer sind Sie.

Nennen Sie mir einen Grund, sagte die Frau, und ich töte Sie oder töte Sie nicht.

So einfach?

Ja.

Ich soll Sie auf die Spur setzen, Lady. Nein.

Was ist Ihnen denn egal. Wollen Sie umgebracht werden.

O nein, sagte Shalamun, ich werde nicht umgebracht. Gibt es denn Killerinnen, das ist doch ein Witz. Vielleicht sind Sie Angestellte einer Agentur? Das glaube ich nicht. Ein Spaßvogel hat Sie geschickt – pas vrai?

Er erhielt keine Antwort. Sie sah ihn ohne Vergnügen, doch mit starkem Interesse an.

Die Belustigung des vermeintlichen Opfers, schrieb Shalamun, bestärkte die Unbekannte in ihrem Zweifel. Wir kamen uns vice versa unglaubhaft vor.

Meine Mörderin, sagte er. Ich helfe Ihnen nicht.

Sie lehnte sich in den Stuhl zurück, betrachtete nicht mehr ihn, sondern andere Tische, sah auf den Mantel über dem Knie, nahm ein Stück Zucker in die Hand. Eine Kellnerin kam, die Unbekannte stand auf, sah rasch zu ihm hin, verließ das Café und verschwand in der Menge.

Sind Sie, Stella, diese Frau gewesen?

Zwangsläufig muß ich zu der Frage kommen, ob Sie die Unbekannte sind oder waren (auf den Gedanken kommen, daß Sie es sind), eine Beschattende, die den Schatten verließ, im Moment des Erscheinens namenlos, Mörderin oder Beauftragte eines Mörders, einer Gang von Mördern – also jene Person, die ein Spiel inszenierte (was ich nicht glaube, da sie humorlos war), oder die Killerin (das Wort Shalamuns), die tatsächlich beauftragt war, ihn umzulegen. Nocheinmal: sind Sie die Unbekannte? Warum lag Ihre Adresse in seinen Sachen, einzige Adresse in seinem Besitz. (Shalamun ließ überall etwas liegen, BC muß voller Fundsachen sein, die nur er identifizieren kann.) Ihre Adresse, Stella, bleibt sonderbar. Aus seinen Papieren ging nicht hervor, ob er Sie wiedersah oder Sie ihn trafen, ob er Sie hinter sich sah oder sonst bemerkte. Haben Sie Shalamun nochmal gesehen? Als er zu mir kam, dann bei mir wohnte, schien er ein Match akzeptiert zu haben, mit Syndikat oder Killerin – à nous deux maintenant! Er wartete auf den Augenblick, in dem der Mörder nochmal aus dem Schatten kam, Shalamun ersehnte seine Killerin. Es war sein Spiel, aber ohne eigene Regeln, er nahm die Bedingungen anderer Leute an. Wer macht sich die Mühe, mich umzubringen, ein Satz Shalamuns. Er rechnete damit, beschattet zu werden. Es sah so aus.

Die Beschreibung der Killerin war ungenau, das Gespräch mit ihr in verändertem Ton notiert. Ich erinnere mich an den Ton, er fiel mir auf. Ich glaube herausgehört zu haben, daß Shalamun, der Tänzer, nicht sicher war. Er steckte in einer Konstellation – reizvoll für ihn, weil unergründlich –, die durch Leichtsinn allein nicht zu bewältigen war. BIN ICH IN EINEM ANDEREN SPIEL. Er wäre aus diesem LOCH IN DER IRONIE ganz gern mit Ausflüchten rausgekommen, ein Spieler ist ein Spieler und kein Purist. Sorglosigkeit adieu, die Geister lachen, Shalamun blieb ernst. O Schlagstockbeulen der Rüpelspiele, trübe Finessen des Spionageromans, Seelenstrapaze der Liebe und Durst und Hunger – alles aussichtsreicher als diese Lage, die ihn humorlos machte in der Erkenntnis, daß er ihr spielend nicht gewachsen war.

Shalamun kannte sich selbst und seine Höhlen, aber nicht jeden seiner Abgründe einzeln, und nicht die Ausmaße dieser Unterhöhlung, die ihm als *Condition* zu beschränkt erschien. Oder war Leichtsinn alles, was ihm gehörte, und er täuschte Zeichen einer Unterwelt vor. Illusion und Selbstbetrug waren reizvolle Spiele, sofern das Gelächter der Hölle zu hören war.

Das Unbehagen verflog, es sah so aus, Shalamun schien froh, wieder auf der Höhe zu sein, der erfreulichen Höhe eigenen Balancierens, die notwendige Sorglosigkeit war wieder da. Die Killerin war ein Wahn, ein Trick anderer Leute, und das unverschämteste Trugbild seines Gehirns. Aber wer getötet hat, schrieb er, weiß, daß er selbst getötet werden kann; er weiß, wie einfach es ist, getötet zu werden, er hat eine Aussicht eigenen Todes erfahren. Shalamun hat seine Papiere nicht korrigiert. Er hätte die Sätze an anderer Stelle gebraucht.

Wie Shalamun lebte und was er machte (in der Zeit, bevor er bei mir erschien), stand wieder mal nicht auf seinem Papier. Wo er sich aufhielt, wird kein Mensch erfahren, es sei denn, er wäre weiter beschattet worden, und Sie sind der Schatten. Dann hätten Sie, Stella, festgestellt, daß Ihr Opfer BC wie kein anderer kannte. Er war ihr ambulanter menschlicher Nerv, er muß diese Stadt wie Phantomschmerz erfahren haben, er konnte den Betrieb simultan erfassen, er nahm ihn pauschal so gut wie einzeln wahr. Deshalb erstaunt mich, je länger ich an Sie schreibe, daß er nichts von seiner Beschattung merkte, bevor sich der Schatten zu erkennen gab, nichts geahnt haben soll von diesem magnetischen Vorgang, der auf die unempfindlichsten Leute wirkt als Befürchtung, Unbehagen, Unsicherheit. Ist das denn möglich?

Er kann das alles auch erfunden haben. Er ist Shalamun.

Wir lernten uns in der Finnischen Botschaft kennen – das klingt wie der Anfang einer Parodie, Karussell der Spione, Patrone und Karrieristen, ihre Siege über die Frauen und in den Kulissen, eine Prosa aus Sprechblasenkomik und kings men lotion, und ein Milieu, das Shalamun beherrschte, AUS GELÄCHTER UND LANGEWEILE IN DIE DISTANCE. Die Handlung, die wir spielten, sah einfacher aus. Eine graue Villa am Platz des elften Dezember, mit Warteraum, Bibliothek und Kaffeeautomat, verschlossenen Aktenschränken und offenen Prospekten, eine Visastelle mit Schiebefenster und Pulten, neun Angestellte und wir, Shalamun und ich. Wir ordneten – der Job lag zeitlich fest – das Material des veralteten Pressearchivs (Zeitschriften, Zeitungsausschnitte, Broschüren und Pläne), ein Projekt, das acht Tage in Anspruch nahm, doch die Absicht zu arbeiten lag uns fern – Tätigkeitseifer, Verausgabung kostbarer Kräfte, das wünschten wir andern, nicht uns selbst. Der Eindruck von Trägheit sollte vermieden sein, so stand ohne Absprache für uns fest, als tätige Mitarbeiter erscheinen zu wollen und mit der Erscheinung zufrieden zu sein. Shalamun war am Anfang mit dem Job allein, fand bald heraus, daß er überlastet sei, bestand auf einer Hilfskraft, und die war ich. Ein Faulpelz erkennt den andern, erkennt sich im andern, ein Vorschuß von Sympathie verklärt die Seelen, wir erblickten im Job eine goldene Bagatelle und vertieften uns untätig-sorglos in eigentlich nichts. Eine Sache wie Identität mit Beruf zu verbinden, Gewissen und Ethik auf Arbeit zu beziehen, Energie an etwas wie Leistung zu verschwenden, das wäre uns grotesker als sinnlos erschienen, es hätte das Lebensgefühl ruiniert.

Unser Arbeitgeber, der finnische Staat, finanzierte die Einrichtung eines Fotoarchivs. Wir eröffneten diesen Sektor mit leeren Regalen, einem brauchbaren Filmprojektor und ohne Labor (Dunkelkammer war nicht vorgesehen). Ein bejahrter netter Computer war für uns da. Wir machten das alles englisch, mündlich und schriftlich, denn Kenntnis des Finnischen war nicht vorausgesetzt, kein Mensch hier schien Finne zu sein oder Finnisch zu sprechen. Wir ordneten alphabetisch und nach Motiv: Geschichte, Folklore und Architektur des Landes; Wissenschaft, Technik, Design und Gastronomie; Industrie, Politik, Touristik, Natur und Sport (vor allem Holz und Wasser in allen Formen) und was an Kunst und Bildung zusammenkam – und Brauereien, das Land schien voll davon. Wir ordneten Fotos zentnerweise – sammelten, lagerten, legten ab und verteilten –, bis das letzte Bild in der Ordnung verschollen war. Ich entdeckte in Pressebildern ein schönes Land, Mitternachtssonne und Eis in feinen Nuancen, Wasserflächen mit Wasservögeln und Kähnen, Dörfer mit Birkenwäldern und hölzernen Katen, ein Bügelbrettland voller Badehäuser und Beeren (in dem der September wie nirgends zu glänzen schien), Ledergesichter des Nordens, Zigeuner im Schneesturm und ein Stapel vergilbter Pastoren aus Hyvinkää. Shalamun war früher mal in Finnland gewesen, als Begleiter einer ägyptischen Delegation, die Holzanstriche in Kirchen zu prüfen schien, und vielleicht von dort an den Job in der Botschaft gelangt. Er träumte laut von den Sommern des Nordens und lud mich fürs nächste Leben dorthin ein.

Das Botschaftsgebäude umgab ein Park mit Zedern, ehemals Wintersitz eines schottischen Reeders, und war an heißen Tagen der beste Platz, beschäftigt zu erscheinen und nichts zu tun. Wir saßen Fotos betrachtend im Schatten der Bäume oder tranken Champagner im *Affair* nebenan, mein Freund lud mich ein, er schien über cash zu verfügen, und ich wußte nicht (und werde nicht wissen), welcher Grund ihn zu diesem Job veranlaßt hatte – eine noch unerschlossene Form des Verschwindens (er verbrachte mehrere Nächte im Archiv), reale oder imaginäre Gefahren – sein notorischer Frohsinn verbarg, was in ihm war. Der Vorhang hebt sich, sagte der Zauberer Mahlke, und Sie werden sehen –

nichts, oder die Geister. Ich bin ein Dämon, sagte Shalamun (in der dunkelsten Tonart, die ihm möglich war), der von allem befreit ist, sogar von dem eigenen Fluch – als Schicksal unzureichend, erheiternd als Fall.

Shalamun existiert in dem festen Glauben, eine Dunkelziffer zu sein oder sein zu können, sich jederzeit in *Irrwisch* verwandeln zu können, ALLES OFFENBARE IST NONSENS, ein Satz von ihm. Der Untergetauchte besitzt Distance zu den Welttheatern und zu sich selbst. Sie ist die Genugtuung eines Charakters, der Illusionen durchschaut bis auf jene, die ihm souffliert: du bist frei – sprich nach – ich bin frei. Er soupiert im *Faschoda* mit einer neuen Geliebten (die etwas wie Waffenhandel in ihm vermutet), da hört er das Telefon in seinem Haus. Es meldet sich niemand, er ist nicht da. Wo er zu finden wäre, weiß nur er selbst, das ist sein Vergnügen und sein Triumph. Er genießt den Ort, an dem er sich nicht befindet, und den Ort, der ihm unentdecktes Dasein erlaubt. Einmal vergißt er sich, nachts im Champagner, und ruft die eigene Nummer an. Niemand meldet sich, das hat er erwartet. Meldet sich wider Erwarten eine Stimme, männlich, weiblich, dann – ja, was dann. Er murmelt Pardon oder Irrtum und legt auf. Was soll er jetzt tun. Welcher Schurke nistet in seiner Suite. Könnte er eindringen bei sich selber, klingeln, hausieren, Scheiben zerschlagen. Er schleicht um sein Haus und brütet, das ist seine Freiheit – welches bloody monster mit welcher Geliebten, wie oft, wie lange, und was soll er tun. Er, der Untergetauchte, Beherrscher des Nonsens, Meister der Camouflage und Jongleur seiner Freuden, Luftmensch honoris causa und Praktikant aller Scherze, die anstößig, frei von Gewissen und teuer sind – steckt den Hausschlüssel ein, läßt den Totschläger fallen und –

– von der schwankenden Höhe des Barhockers im *Affair* zitierte Shalamun den alten Song:

I'm blue
but I want to be blue always
'cause the sun's going to shine
in my back door
some day.

Nachdem ich ihn kennenlernte, im Keller der Botschaft, frierend in Air-condition und bleich von Neon, und sah, welcher Mensch sich da unsichtbar machte, ein von sich selbst beglaubigter Shalamun, erzählte ich ihm die Sache mit Puschkins Tod. Von dieser Geschichte an datiert sein Vertrauen, ein frivoles Inbetrachtziehen gemeinsamer Chancen. Er behauptete, Puschkin NUR ANSATZWEISE zu kennen, da sein Russisch nicht ohne Fehler sei. So erfuhr ich, daß Shalamun Russisch beherrschte. So gelangten wir in die Wahrheit von Puschkins Tod.

Unfreiheit, Folter des Daseins – erbitterter Puschkin. Alexander Sergejewitsch ist erschöpft. Er hat genug, er hat von le monde genug. Genug von Petersburg und vom Licht der Newa, von zugigen Kutschenplätzen und Rußlands Weite, windigen Duellen und Ehrenhändeln; vom Tod seiner Freunde und von der eigenen Ohnmacht, von Zarenkult und Getuschel in falsche Ohren; genug davon, als Genie zu gelten und als ältlicher Kammerjunker am Hof zu erscheinen (die Privatzensur des Zaren zerkratzt seine Verse), auf pompösen Winterbällen herumzustehen. Und er hat genug von den hübschen Eitelkeiten, von Natalja Nikolajewnas gerümpftem Näschen, er ist der eigenen Frau ein wenig müd. Während er neben der Schlafenden wacht – sie näselt –, formt sich in ihm der Gedanke, unterzutauchen. Puschkin will weg, er muß raus aus der Maskerade – gepudertes Aas und ordenschleppende Rinder –, unheilige Entrinnbarkeit, ich fliehe, im Schutz einer weißen oder schwarzen Nacht, umwickelte Kutschenräder, zu Fuß, egal, aber nicht auf den eignen Besitz, in das Hinterlandleben, bespitzelt von Händlern und Popen, er will weg. Großer Gedanke, herrliches Nachtversinken. Hinterm wärmenden Rücken Nataljas faßt er den Plan, sich im Duell beseitigen zu lassen, in der Folge eines Schußwechsels zu entkommen – und man wird nichts mehr von ihm sehen. Während sein Tod in Rußland Furore macht und die adlige Krokodilschaft Tränen seufzt, reitet er westwärts, wohin, durch fremde Steppen, in Poststationen schlafend, auf Gütern bettelnd – *wird die Stunde meiner Freiheit kommen? Es ist Zeit, meine Freundin, es ist Zeit. Lange schon plante ich, ein müder Sklave, die Flucht in eine Freistatt des Schaffens und der reinen Freuden.* Sein Gedächtnis verfolgt ihn mit eigenen Versen, er friert in dem Kutschenpolster und kann sie nicht brauchen. Es ist Zeit, meine Freundin, es ist Zeit, doch die Angesprochene fehlt ihm nicht.

Welche Rolle spielt Alexander Turgenjew bei Puschkins Tod. Das könnte der Titel der Erzählung sein (die Ihnen, Stella, nicht viel bedeutet, wenn Literatur Sie gleichgültig läßt, doch wer weiß – vielleicht sind Sie Puschkins beste Leserin). Ich las Shalamun aus dem LEBEN DER KLASSIKER vor:

Am 27. Januar um 17 Uhr fand am Schwarzen Flüßchen bei Petersburg der berüchtigte Schußwechsel statt. Die von den Sekundanten d'Archiac und Dansas vereinbarten Bedingungen waren äußerst hart: Entfernung zehn Schritte und Schußwechsel bis zum Tod. Schon beim ersten Schuß wurde Puschkin tödlich getroffen. Seine Kugel verletzte d'Anthes nur am Arm. Nach langen Qualen, die er vor seiner Frau, Natalja, verbarg, starb Puschkin am 29. Januar 37. So mysteriös, wie sich die Vorgeschichte des Duells darstellt, erscheinen auch die darauf folgenden Ereignisse. Heimlich wurde der tote Dichter aus dem Haus an der Moika geschafft. Heimlich wurde der Leichnam am 4. Februar in das Gouvernement Pskow transportiert und ohne Zeremonie im Kloster Swjatogorsk neben seiner Mutter beigesetzt. Nur Alexander Turgenjew, der Freund aus den Jahren nach der Lyzeumszeit, begleitete den Sarg.

Ihm hat sich der Gebeutelte anvertraut. Mit Zadler, Arendt, Salomon, Scholtz und Dahl, Doktoren alle, dem Professor Pletnjew, dem Colonel Dansas trifft man sich nachts bei ihm und entwickelt den Plan. Verhängte Winterfenster, kein Laut dringt ins Freie. Ketten sprengen, Maulkorb runter! Du willst die Freiheit hier, nicht im Jenseits da draußen! Bruderleben, gebrauche dein Recht, mißbrauche den Tod und werde frei! So sieht der Plan die Befreiung Puschkins vor:

Das Duell ist zu Ende, der Gegner wird weggeschafft. Puschkin gibt vor, verwundet zu sein, und spielt sein Sterben. Ein Sculptor der Petersburger Anatomie, kein Name der Zeit, hat eine Büste des Dichters zurechtgemacht (die später von einem Museum erworben wird, für den Sektor Wachsfiguren und Lebende Bilder). Die Büste wird, wenn Puschkin durchs Fenster flieht, in die Kissen gedrückt und bis an das Kinn bedeckt. Der imitierte Leichnam wird eingesargt – zwei Verschworene sind geschickt zur Hand –, während Dansas die Frauen und Freunde beiseite hält. Im Tod sieht der Dichter verändert aus, noch sonderbarer erscheint er im Sarg. Das Gesicht des Sterbenden war grau und feucht, der Kopf des Toten ist dunkel und trocken. Aber der Tod entstellt die Züge des Menschen, er läßt auch diese Veränderung glaubhaft erscheinen. Die Lebenden und den Toten trifft kein Verdacht.

Daß Puschkin furchtbar verletzt wird, stand nicht im Plan. Aufgerissene Brust, die Verbände tropfen, Blut, Schweiß und Fieber braucht er nicht vorzutäuschen, die Ohnmachten sind gefährlich und seine Sätze, atemlos, überstürzt, nicht weit zu hören – wie lange noch – sterbe ich – Wahrheit, Wahrheit, was ist mit mir –, sind für die Freunde bedrückende Zeichen. Turgenjew, entschiedener als die Doktoren, hält mit klarem Kopf am Entwurf der Freiheit fest. Der echte Puschkin wird aus dem Fenster gehoben, das Ersatzteil hereingereicht und schnell plaziert (ob der Fiebernde durchhält, kann jetzt keiner wissen), man hält Natalja von dem Leichnam fern. Der falsche Puschkin wird zu Grab gebracht und Natalja, nachdem sie Maitresse des Zaren war, durch vorteilhafte Heirat instandgesetzt.

Puschkin, im Nachtfrost auf einer Bahre, kommt hustend zu sich und fragt, wo er ist. Man erkennt, daß er nicht transportiert werden kann. Alexander Turgenjew entscheidet schnell. Man trägt ihn durchs Dunkel ins Haus eines deutschen Chirurgen, der Puschkin nicht sah, seine Verse nicht kennt, den Namen nie hörte und gern begreift, was man ihm erklärt: ein äthiopischer Ehrenmann in politischen Händeln, unseliger Ausgang eines Duells, vollkommenes Schweigen und üppiges Honorar. Daß dies gelingt mit Hilfe der vielen Doktoren, ist im Schattensystem der Spione ein wahres Wunder, und daß Puschkin zu sich kommt, atmet und schläft, daß er Hunger und Durst hat und Nahrung behält, daß die tiefen Verletzungen, wenn auch langsam, heilen, gibt den skeptischen Freunden die mysteriöse Gewißheit: Puschkin wird leben.

Puschkin muß nun leben und Ruhe halten, im Interesse der eigenen Zukunft vernünftig sein, an Gewicht und Kraft wieder zunehmen, und vergessen. Sein Bett wird ans Fenster gerückt, man liest ihm vor, er erfährt jetzt die Kommentare zu seinem Tod, ergriffene Elogen und frostige Seufzer, und vor allem Gogol soll zerschmettert sein, verwirrte Briefe aus dem Ausland schreiben und sich selbst als geistigen Erben des Toten betrachten. Der alte Schukowski scheint es bestätigt zu haben, denn er hat ihm Puschkins goldene Uhr geschenkt (wer hat sie dem Sterbenden aus der Tasche geholt). Das Frühjahr wird hell in der Luft, und der Lebende atmet.

Nachts am Fenster glaubt er die Newa zu hören, splitternden Eisgang und schreiende Vögel. Er geht auf dem Teppich hin und her, in der Nähe des Eisenofens, den braucht er noch. Dem guten Deutschen schmeichelt das Honorar, die Genesung des Kranken schreibt er sich selber zu. Der Patient drängt fort. Soll ihn die Schneeschmelze hindern? Er muß weg, auf Fuchs- und Hasenwegen zum Landgut Turgenjews, am Ufer der Wilia, nicht weit von den westlichen Grenzen, dort bewohnt er ein Sommerhaus am Ende des Parks. Er treibt sich im blühenden Obst herum, unterhält die Töchter des Freundes, trinkt Saft und Tee. Das schwarze Landbrot trägt zur Gesundung bei. Er kümmert sich wie früher um eine Dame, doch Rauchen, Reiten und Tanzen sind vorbei. Von Gedichten ist keine Rede mehr. Puschkin ist kleiner geworden, er läuft jetzt schief, die Brust ist eingezogen, die Schulter hängt, vier Finger sind taub, und er schleppt ein Bein, muß damit leben und ist frei. O Pindemonti! vergessen, vergessen. Er heißt jetzt Mathieu de Combel und gilt als Franzose. Der Baron hat einen angenehmen Akzent, orientalisch-barbarisch-romantisch, spricht aber perfekt, präsentiert sich als Bibliothekar in hoher Mission und erzählt die Geschichten, die er früher schrieb.

Ende des Sommers verläßt er Turgenjews Gut. Anfang des Winters kommt er nach Paris. Von seiner Lebensweise ist nichts bekannt. Die Salons und die Emigranten besucht er nicht, er geht allen Literaten aus dem Weg. Aus der Ferne bemerkt er Hugo und meidet ihn. Er hat sich die Freiheit gegeben und ist nun frei, auf Maulwurfs Wegen, auf Dunkelstrekken allein. Er kann nun *nach eigener Laune hier und dort umherstreifen, sich der göttlichen Schönheiten der Natur erfreuen und vor den Schöpfungen der Künste und der Inspiration erzittern in Entzückungen reinen Gefühls, das ist das Glück* – doch wer weiß, ob ein Glück dieser Art ihn freut.

An dieser Stelle legten wir Pause ein (nachts im Archiv der Finnischen Botschaft, retardierendes Atemholen, Kaffee und Sekt), denn die Handlung – the golden thread in the pattern – hat einen Riß. Puschkin wußte nicht, oder hatte vergessen, daß Gogol zur gleichen Zeit in Paris erschien. Sie stießen an einer Straßenecke zusammen.

Ich preise die unerforschlichen Wege des Daseins – er zitierte gern den Satz des englischen Dichters – *und verneige mich vor der Romantik des Geschicks.*

Nun, keiner der beiden verneigte sich.

Gogol und Puschkin sind voreinander erstarrt, Shalamun hat den Zustand auf fünfzehn Sekunden geschätzt. Entgeisterung, Haaresträuben, ein sprachloser Schauder – vice versa aus unterschiedlichen Gründen –, sie stehen, von keiner Katze bemerkt, am frühen Morgen in der Rue de la Harpe. Puschkin fängt sich und läuft davon. Gogols Förderer und verehrter Freund, Alexander Sergejewitsch, galoppiert davon, in hörbar schlechten Schuhen, die Sohle schleift, durch leere Straßen in Richtung Seine und weiter – die Quais, die Brücken, die Ile Saint Louis –, der atemberaubte Gogol setzt hinter ihm her, beide Klassiker nicht sehr geübt, Puschkin hinkt, das kommt noch von dem Duell, Gogol beleibt und schwach auf den Beinen, Puschkin hört hinter sich die versagende Stimme – Alexander Sergejewitsch – mein Bester! – Täubchen! – stehenbleiben, ich bitte, ich flehe Sie an – warum laufen Sie denn – so laufen Sie doch nicht – hier, Ihre Uhr – ich bringe Ihre Uhr – verschwinden Sie nicht – mein Puschkin!

Puschkin entkommt.

Für den Kenner Gogols kann kein Zweifel sein, daß das Ereignis – diese Vision? – sein seltsames Schicksal beschleunigt hat. Er rennt eine Weile weiter ohne Ziel, eilt dann ohne Grund in Paris herum, lachende Grimasse mit bösen Augen, die belebten Straßen sind irritiert. Puschkin hinkt oder trabt eine Weile weiter, eilt dann ohne Grund in Paris herum, läuft immer weitere Kreise durch Parks und Plätze, schleppt sich an Mauern entlang, horcht an den Ecken, bis wir nach Mitternacht die Botschaft verließen und Shalamun in BC verschwand.

Ihr Name, Stella, stand nicht in den Papieren, die Zeit in meiner Wohnung war nicht erwähnt. Kein Hinweis, wo er herkam in jener Nacht. Sein Wortlaut auf Papier war kein Dokument, keine Abschrift der Existenz und keine Literatur. Die Verletzung – der Unfall – kam nicht vor, und ich fragte mich, wie er verletzt ins *Old Haifa* kam, mit wessen Hilfe, getragen oder allein, auf allen vieren nachts im Rinnstein kriechend, oder wurde er – von wem – in ein Taxi gesetzt. Hatte er, und hat er, verschwiegene Freunde, Kumpane oder Mäzene im Untergrund, hat der unstete Einzelne eine Anhängerschaft. Er schrieb die Papiere nur für sich, das Ergebnis war ohne Bedeutung für ihn. Das Verletztsein gab ihm die Chance, von sich selbst zu sprechen. Er schrieb, was er wußte, um sich zu orientieren, vergewisserte sich seines Wahrnehmens und Erinnerns und war im Erkennen sicherer, wenn er schrieb. Weitere Absichten hat er nicht gehabt.

Shalamuns Text war ein Steckbrief-Register von Leuten, die ungefähr fähig wären, ihn zu vernichten, Grund dazu haben oder SCHIESSPRÜGEL sind, UMGEDREHTE ENGEL WIE PIC CIMAROSA. Wer macht sich die Mühe, mein Mörder zu sein. Wer verspricht sich was davon, mich mit Messern zu kitzeln. Welchen Schneidezahn freut es, mich ausgeblutet zu sehen. Und war eine lange Liste derer, die Shalamun für Liebliche Berge hält.

Leuchtkäfer, Mose-Kühlein
du konntest die Fledermaus nicht
an die Scheune nageln –
und du sollst mich töten!
An dich denke ich nicht.

Shalamuns Papier war Shalamuns Spiel, Tod und Leben zusammengelacht und ins Zwielicht geblasen. Haben Sie, Stella, von Killy-Schmilly gehört. Wissen Sie, wer dieser Ganove ist. Er war die erste der Licht- und Schattengestalten, Shalamun fiel mit Gelächter über ihn her. Er wurde von Verwünschung hinübergekitzelt, von gut gelaunter Bezichtigung umgelegt, das eingeschobene *schm* drückt Geringschätzung aus (es drückt jede Art von Empfindung aus), ein Buchstabenspiel, das Shalamun liebte, er hätte Sie Stella Schmella genannt. Killy-Schmilly war ein Kinderschreck und Killy ein Kosename der Unterwelt, in Shalamuns Sprachgebrauch hieß das EHRENBÜRGER, er hat ihn auch HÜTCHEN oder MANDORLA genannt. Aus dem Schweinskopf des Gangsters wuchs eine Mandorla hervor, was darunter vorging, konnte nur zweifelhaft sein, und Shalamuns Beitrag zum Unerforschlichen Rat. Aus den Papieren ging hervor (oder nicht hervor, das sind die nüchternen Formeln, die die Frage nach seinen Zauberformeln begleiten), daß Killy-Schmilly ein Abschaffer war, Shalamuns Sammelbegriff für totale

Schurken – so einer peitscht Schildkröten aus und foltert Steine. Killy an erster Stelle könnte bedeuten, daß Shalamun als Kind entführt worden war. Shalamun schien vom Himmel gefallen, ein Mensch ohne Herkunft, von einer Kindheit schien er nichts zu wissen. Falls er entführt wurde, kam er aus gutem Haus, ein Prinz auf der Erbse ohne blaue Flekken – daher seine Höflichkeit in jeder Lage, die Kenntnis von Sprachen, der Spott und die Nonchalance?

Ich erinnere mich an ein Haus, es schien leer und verschlossen, das Kind lief unangebunden darin herum, während KILLY-SCHMILLY AUF DEM KASTEN SASS. Der Kasten – ein Möbel? – war oft erwähnt, sein Inhalt muß reich und bedeutend gewesen sein – Waffen, Rauschgift, Falschgeld und was ihr wollt –, sofern das alles nicht erfunden war. Das Haus schien von Landschaft umgeben, nicht weit von der Küste, vielleicht ein Sommerhaus an der Peripherie (Villen, die weit getrennt in Parks versinken), es wurden Bäume erwähnt, nicht ihre Namen, und Legbor, ein Vogel, der dort flog und pfiff. Ein Tier mit Namen Legbor gibt es nicht, ich habe in sieben Sprachen nach ihm gesucht. Es scheint eine Amsel, englisch blackbird, in der Kindersprache gewesen zu sein. Wie lange er in dem Haus war, schrieb er nicht. Ich behielt den Satz: *Wenn ich zu singen aufhörte, tobte er und brachte mich in die Küche zu-*

rück. Killy schien unentwegt auf dem Kasten zu sitzen und gefangener als das bewachte Kind zu sein. Shalamun entkam, denn ich las den Satz: *Frühlinghaftes Gewissen wie Gott allein, als ich endlich draußen war und zum Bootssteg lief.* Hatte er einen Laden locker gemacht, geräuschlos, aber singend ein Fenster zerdrückt, während Killy auf dem Kasten ein Nickerchen machte. So kann es gewesen sein, eine alte Lektüre, Wachtraum des Kindes und Comics und Moritaten, die Shalamun, der erwachsene, für wirklich hielt. Er kann auch entführt worden sein, er ist Shalamun – und ruderte auf die Wasserfläche hinaus, – war das ein See, eine Meerbucht oder ein Fluß. War es das einzige Boot am einzigen Steg, und Killy blieb ohne Bewegungsmittel zurück (am liebsten auf einer Insel WEIT VOM SCHUSS). Ich stellte mir vor: die Heringsseele erwacht, springt vom Kasten, sudelt durch das Gebäude, flucht wie Molly Malon und entdeckt ein Fenster, das offen zu einer Reise ins Blaue verführt. Killy, grau vor Entgeisterung, zeigt den Rücken und verschwindet in Gedanken an Mord und Tod.

Träumte er davon, die Blamage zu rächen, und setzte eine Killerin auf die Spur. Nein – Shalamun entließ ihn aus Hohn und Gelächter, ein Schurke, der sich am Baum des Lebens erhängt. Ich stellte mir diese Sorte gedunsen vor, Fäuste mit stumpfen Fingern, Gesicht einer Dogge, doch wurde er als scharf und hager bezeichnet, ein aussortierter Engel wie Sepp Mcflue. Das Opfer entfernte sich, lässig rudernd, aus der Episode in das Licht der Welt, vielleicht in einen Limbo so kalt und trübe, daß er ihn den Papieren vorenthielt.

Während er Namen sammelte und sortierte, schien Shalamun den Grund der Recherche zu vergessen, hingerissen von Namen, Adressen und Daten, er leerte siebenunddreißig Notizbücher aus, Schüttelboxen und Schatzkästen voller Silben, halb erinnert, fast vergessen, Titel und Telefonnummern haufenweise (das Gedächtnis zwitscherte vor Vergnügen), unerschöpfliche Liste derer, die das unbekannte Reich Shalamun bevölkern, Schwärme der Unschuldsengel und Lebensgeister, von Ausrufezeichen geadelt, durch NEIN befreit; wie Hexenbärte an alten Bäumen hielten sich struppige Sätze an ihnen fest.

Carlos Streimel, dicke Lachlust, gefährlich, Feltingen-Avenue, Casino, 1977, keine Schulden, nein.

Anny, Sprungfeder meiner Seele. Nein.

Frau Lea Warner-Quantrill (wie kam ich auf den Gedanken) nein.

E. E. Floh im Säckchen, Kind Kolibri – nein!

Professor Fingers, Rufmord-Judas, timider Brutaler, an großen Dingern beteiligt. Nein.

Susa Ellenzweig, nein. Ich habe sie in die Augen geschlossen, sie weiß es noch.

Walt oder Walter – Hotel Leone, via Praga, Dezember 70. Unser Freund, der geniale Dieb von Devotionalien und Pornobildern, unfähig, eine hungrige Katze mit Schinken zu füttern. Nein.

Der BRILLANTE FISCO, Westendtheater Winter 72, Ohrfeigensätzchen in Gegenwart der Schönen Andrea, furchtbare Folgen, aber deswegen geht er mir nicht an den Kragen.

Dr. Welsh. Attention! Flunderfresse, Gallert. Brillantenpater, wie Anny sagt. Budapest 753901. Nein?

Jean-hau-ab. Nein.

Mick – mais non!

Fingerchen, o nein. September 66, Taxi, Watership, die Kastanien im Belmondo, SÜSSLUST beim Eisessen.

Shlomo, nein (mein persönlicher Bontsche Schweig).

Dr. Welsh – nein –

Tante Erich? brächte leichter sich selber um. SO EIN LIEBER GUTER MENSCH, damit hat man ihm keinen Gefallen getan.

etc.

Shalamuns Schattengeschichten et cetera, atemlos, endlos, ich habe die Namen vergessen (darunter nicht einer, den ich kannte). Wer war oder ist Mantegna Colombo. Ich weiß es nicht. Birdy Bird, ein Schauspieler?, nie gehört. Paolo Stillwitz (heißt er wirklich so?) – unklar, in welcher Richtung man suchen soll. In erlesenen Zirkeln hielt er sich nicht auf, war aber gut bekannt mit verschiedenen Damen, die den seltenen Vogel gern an ihr Kettchen legten, er hat sie auf Parties flattiert und zurückgelassen. Die Finnische Botschaft gab ihm Gelegenheit, im geborgten Smoking seriös zu sein, stiller Parkettsieger ohne Ambitionen, perfekt im Jargon der Unterwelt und Etagen, und seine Geliebten kamen woanders her. Im Kreis dieser Damen sagte Shalamun: Erinnern Sie sich, daß wir von Puschkin sprachen, was wurde aus ihm?

Jovial, doch gesetzt wie in der Theaterpause, legten wir Puschkins Fall für die Damen dar – armer Mathieu de Combel, verlorener Puschkin. Und Gogol ein Wahn, ein Trugbild, was war passiert. Verhöhnte das Schicksal den Einsamen, Untergetauchten. Puschkin lief tagelang in Paris herum, atemlos, schmerzende Narben, halb erstickt, brach bewußtlos zusammen, verschwand im Spital und schien wenig später gestorben zu sein.

Mathieu de Combel
29.5.1799–20.11.1837
regrets

Ein schmuckloses Grab auf dem Friedhof von Passy. Gogol schrieb wirre Episteln an Feinde und Freunde, Beschwörungen Puschkins, Verfluchungen und Visionen, die den Schreiber in Mailand, Paris und Gastein ereilten, sie wurden ihm nachgesehen, doch nicht geglaubt. Der Dichter Jasykow sah sie als Fälschung an. Einmal gelang, was unmöglich scheint, ein Beispiel vollkommener Diskretion. Die Ärzte schwiegen, die Freunde schwiegen, Alexander Turgenjew verlor kein Wort.

Dabei kann es bleiben, sagte Shalamun. Er verbeugte sich, als ob er dankte, und rief nach Sekt.

Er muß unzähligen Menschen begegnet sein (und hat unzählige Namen improvisiert). Er hat sie begrüßt, aber nicht in Anspruch genommen. Er fand es nicht so wichtig, sie kennenzulernen, und überflüssig, sich kennenlernen zu lassen. Zwanzig Jahre verschwinden und untertauchen, oder zwanzig Jahre sichtbar an einem Ort, beide Leben machen unbekannt. Shalamun ist der einzige, der Shalamun kennt, es sei denn, Sie wissen mehr von ihm. Ich sah ihn nie lange unter anderen Leuten, und unter vielen blieb er gern allein. Kann sein, daß seine Freunde einander nicht kennen. Er kommt und geht auf babylonischen Wegen – PORCHE SIKE LIMRIKE, BICH, BICH!

Eines Tages, oder gestern in wieviel Jahren, gibt Shalamun ein Visitenkärtchen in Druck. Er verschickt es an alle, die ihn für wirklich halten, und an einige andre, die er für Könige hält. Es ist ein Billett zur Feier von SHALAMUNS NACHT, im Saal des *Old Haifa*, im *Chandolin*, im *Explic*? Man kommt aus dem Hohlraum der bewohnten Welt, aus Löchern und Beletagen von BC – Herrschaften, Heringseelen und Galaganoven, Wattegesichter, Perücken, Ledermasken, Diplomaten und Raumpflegerinnen der Finnischen Botschaft, Birdy Bird und Killy-Schmillys Erben, das Mose-Kühlein, Sie und ich – und ist verblüfft, so zahlreich gekommen zu sein, Shalamuns einzige Freunde weit und breit. Man stellt fest, wie viele Seelen der Scherzbold kennt, mit wie vielen Statisten er seine Komödie spielt (vor wie vielen Augen er seine Tragödien zerstreute) – Kellnern, Banditen und Teppichverkäufern, Berufslosen, Arbeitslosen, Staatenlosen – Schalterbeamten, Piloten, Gemüsegrossisten – Predigern, Nutten, Mätressen und Zwitschermaschinchen, Journalisten, Garagisten und vielen mehr. Shalamun, der Champagner liebt, läßt Champagner fließen und eröffnet SHALAMUNS NACHT mit einer Rede, in der er kunstvoll nichts zum Ausdruck bringt. Er wünscht Vergnügen, winkt aus den Falten des Vorhangs und verschwindet für immer, das wird man später bemerken, man wird es bemerkt haben, wenn er fehlt (der Abhandene nimmt die Gestalt eines Wunschbildes an). Auf seiner Party wird er nicht vermißt. Die Gespräche der vielen wickeln sich um die Frage: wo nimmt er das Geld für den Zauber her.

Wie viele Leute? Niemand wird sie zählen. Man spielt mit gezinkten Karten und falschen Würfeln, an präparierten Rouletts, um Kopf und Kragen, ein Papageienhändler geht durch die Gestalten, Käfige voll Geplapper an wippenden Stangen. Man erkennt die Kellner an Woody-Allen-Masken, die Servierdamen nur an Schönheit und weißen gloves. Das warme und kalte Büfett, die Champagner-Tränke und die Weinfässer Mostfässer Bierfässer, Faß an Faß. Leere Flaschen wirft man in Netze, die unter den Decken befestigt sind, man wirft auch Brillen, Schuhe und Hüte hinein. Die Musik hängt erhöht in einer gewölbten Loge, die *Büstenhalter der Amazone* heißt. Ein Pygmäenchor, eine Damenkapelle und verschiedene Rockbands toben sich aus, eine busendicke süße Sängerin parodiert imitiert persifliert man weiß nicht was, ihr Zwitschern kommt allen Ohren vertraulich vor. Ein bejahrtes Tangokapellchen gluckst und tutet, man schiebt ein paar smarte Toscas auf engem Raum. Pausenclown und Brüderchen Pausenclown, man schubst und purzelt in der Menge herum, sucht unter Tischen und Stühlen – Korken? Groschen? –, was wurde gestohlen, wer ist der Dieb. Man gießt Champagner aus, in den Gläsern – nichts. Nichts unter Schiebermützen, Perücken, Locken. In Schuhen, Damentaschen und

Hosenaufschlägen, unter falschen Wimpern, in goldnen Uhren – nichts. Was wird gesucht im Zigarrenetui, auf Tellern, unter Salatblättern und Bouletten, in Puderdosen und Brieftaschen und Gebissen – nichts, immer mehr, immer wieder nichts. Kleiner Bruder, großer Bruder, schaut man sich unter Brüdern pfiffig an, greift man sich gegenseitig in die Taschen, Hosenbeutel, Ärmel- und Kragentaschen, an ausziehbare Sohlen und falsche Finger – räumt man die eigenen Kleider aus –, unter Gelächteranfällen, schweren Seufzern – Eier, Kerzen, Wörterbücher, Ratten, Schmetterlinge, chinesische Drachen – wird man am Ende finden, was fehlte – Flügelwesen, Engel aus Horn und Federn, nicht von HORNISSE zu unterscheiden – zieht man sie auf und läßt sie fliegen – das schrillt um die Köpfe und verschwindet im Raum.

Sollte ich diskreter an Sie schreiben? Shalamun scheint viele Frauen geliebt zu haben. Er liebte Frauen, das zeigten mir seine Papiere, und es hat ihm Vergnügen gemacht, sich an sie zu erinnern, mit ihren Namen zu spielen, ihr Bild zu beschwören, und das hatte nichts mit seiner Recherche zu tun, das war Gewißheit und Freude, solange er schrieb, Nonchalance der Seele, Tristesse und Zweifel, er hat nicht nur mit Lust und Leichtsinn, doch ohne Bitterkeit an sie gedacht. Könnte es sein, daß Sie mir begegnet sind, unter anderen Namen, im lockersten seiner Sätze, in Beschreibungen, die Sie selber für unpassend hielten, in Initialen ohne Kommentar. Er schrieb den Namen LEILA und fügte hinzu:

– viel süße Furcht,
die dich anmutig macht für den Bären
im Dunkel.
Ich fresse nicht Brust, nicht Augen,
Schöne, wer könnte dich töten –
kein Mensch, ein Gott.
So bleibe bei mir, sei gewiß –

Ich fand die Sätze in einem Fragment des Ausonius. Shalamun hat die Sätze aus dem Gedächtnis zitiert, kennt also Literatur, oder nur diesen Vers? Was er weiß oder vortäuscht, war mir nie klar. Daß er mehr weiß, als er zum Ausdruck bringt, sehr viel mehr an Wissen beherrscht, als er zeigen will, wurde deutlich in allem, was er sagte, und durch die gelassene Art, es fallenzulassen, und wurde am deutlichsten, wenn er schwieg. Wissen, Nichtwissen, Besserwissen, in beständige höfliche Distance gerückt. Er schien seine Kenntnisse nicht verwerten zu wollen, nicht auszuwerten oder anzuwenden, er schien nicht viel zu brauchen von dem, was er wußte. Nebenbei erfuhr ich, daß er Krasinski las, und das hieß: auf Polnisch. Zufällig nahm ich sein Französisch wahr, am Telefon in der Botschaft, er sprach perfekt. Er beschrieb ein Selbstbildnis des Giorgione und hatte das Original in Braunschweig gesehen. Sein UNÜBERSEHBARES LÄCHELN gab nichts preis, Schimmer aus Einverständnis und Spott, wenn er sagte: wenn auch im Nebel nicht viel zu erkennen ist, hat man doch das selige Gefühl, in die einzig mögliche Richtung zu sehen. Er hat den Satz immer wieder zitiert. Ich weiß auch heute nicht, woraus er stammt.

Im Gedächtnis blieb mir eine Frau ohne Namen, GESTALT EINER DAME IN WEISS, DIE FÄHRE VERLASSEND (das war sein Satz), ein berückendes Pelztier in zu leichten Stiefeln, er erwartete sie an einer Anlegestelle – Seewasser, Landwind, Licht aus Eiskristall, Schneegebirge vor Augen, ein Mittag im März, und sie warf sich vom Fährschiff in seine Arme, steife klamme Hände vom Koffertragen – das schrieb Shalamun –, und die eisigen kleinen Ringe angefroren. Ihr Regenmantel war weg, er fand ihn im Tearoom der Fähre. Wir verschwanden sofort, schrieb Shalamun, wir tauchten unter in ihrer Jahreszeit, die sie den Gärten am Wasser schenkte, den geöffneten Fenstern am Mittag, der Schneeluft voll Blüte, und was ich auftauchen sehe, eines Tages, wird nicht dein Gesicht sein, Tod, aber andere Augen, et au-dessus d'un jardin plein d'abeilles, l'image d'un poirier en fleurs. Eine Frau, die er liebte, und ein paar Sätze, die zeigen, daß der Unsichtbare sich ohne Bedenken preisgab, Wörter und Sätze in Bewegung brachte, so gut und gern wie einer der Profession, aber sorgloser, leichter, so daß ihn nichts hinderte, sein Papier zu zerreißen, und weil er das nicht betrieb, sondern einmal machte, der Nichtberufliche par excellence.

Ging es um diese Frau, wenn Shalamun schrieb, sie habe sich umgebracht, nicht seinetwegen – er schrieb den Satz nicht zu Ende. War sie der tote Reiher, der in ihm schmerzte: in me dolora un airone morto. Die Geliebte verschwand, und ich schreibe an eine Tote. Er kann die Frau und den Tod auch erfunden haben, aber warum hätte er das getan. Hatte sie die Absicht, ihn umzubringen, und brachte davor sich selber um. Er sah sie lebendig, als er schrieb, er schien den Tod vergessen zu können, dann kam die Erinnerung an ihr Ende, er unterbrach den Satz, schrieb andere Dinge, SCHATTENKAMELLEN, das Wort kam irgendwo vor.

Nessel, der Name kam am häufigsten vor. NESSEL KÖNNTE MEINE MÖRDERIN SEIN.

Das war ein Mädchen, dreizehn Jahre alt. Shalamun kann ihr jederzeit begegnet sein, vor fünfzehn Jahren, im vergangenen Herbst (er hat weder Ort noch Zeit notiert), an den Stadträndern von BC oder weit im Land. Es kam die Beschreibung eines Hügels vor, versteppt und flach, MIT ALTEN MAUERN DRAUF, GLEICH HINTER DEM ABBRÄNDLER-HAUS, einer Fremdenbaracke, die von kahlen Pappeln umgeben war. Motorräder standen im Hof, gebrauchte Wagen, im Gras lag ein Fahrrad, das Nessel gehörte. Ein arbeitsloser Pole brachte ihn hin. Er lebte ein paar Wochen in diesem Haus, er tauchte unter, versuchte sich zu erholen, ich muß wieder zu mir kommen, hieß ein Satz. Es kann also sein, daß er sich versteckte, was er hinter sich hatte, war nicht erwähnt.

Ein Haus im Land, von Ausländern überfüllt, lautes starkes Durcheinanderleben, brüchiger Silo voll Radiomusik und Lachen, gottgegebenen Sprachen, verwahrlosten Stimmen, und Rufe von Kindern in herbstlicher Luft. Allein Shalamun war ohne Verwandtschaft, ICH WAR DER EINZIGE, DER ALLEN GEHÖRTE.

Er hat das Mädchen Nessel nicht beschrieben. Was ich weiß, ging aus wenigen Worten hervor. Ich sehe ein schlankes Geschöpf, es kann mager sein, es ist für Momente noch ein Kind und ist fast erwachsen. Es erscheint und verschwindet unberechenbar. Es ist abwartend, still oder scheu, trotziges Bäuchlein in zu weiten Kleidern, gebrauchten Frauenkleidern, gespendeten Hosen. Die Haare sind schwarz und fliegend, nie gekämmt, die Stimme ist ungeformt, sie spricht nicht viel (Shalamun scheint Polnisch mit ihr gesprochen zu haben). Die Augenfarbe ist dunkel, nicht zu erkennen, der Blick ein Auge Engel, ein Auge Lilith. Die Hände sind ungewaschen, fest und fein.

Ihr Vater ist nicht da, er hat Arbeit gefunden, die Mutter ist hübsch und laut und zeigt sich gern. Zu ihr kommen Männer in der Nacht, mit andern fährt sie zum Tanzen nach BC. Das Mädchen hat kleine Geschwister, um die es sich kümmert, steht aber allein im Hof und sieht Shalamun. Wenn er an ihr vorbeigeht, bewegt sie sich nicht. Seit er im Haus ist und ihr oft begegnet, trägt sie ein Halsband aus blauer Schnur. Seit er sie Nessel nennt, errötet sie.

In überfüllten Häusern ist viel Platz (sagte Shalamun). Hast du sechs Katzen und sieben Ziegen – na, dann nimm noch ein Maultier dazu. Hast du vier Großmütter, sieben Schwager, acht Cousinen und ihre ferne Verwandtschaft, dazu einen Schwarm von Angelachten, Alkoholikern, Tagdieben, Friedensfreunden – da bringst du noch zwei Propheten unter, mit ihren Flöhen und ihrem Gott. Und hast du neun Kinder und Kindeskinder, da nimmst du nochmal fünf andre auf, und es bleibt noch Platz für Shalamun, zwei Begleiterinnen und ihr Gepäck, vier Mäuse im Laufrad und einen Schweden.

Er fand im Anbau einen Verschlag für sich. Mir gefällt Shalamun auf einem Eisengestell, mit geborgter Matratze aus Tuch und Stroh, umgeben von Bierkisten, Spaltholz, Koffern, eine Situation, die er hoffnungsvoll nannte, Verwandlungsgeist in Gefängnissen andrer, er kam und ging, wie er wollte, er flog wieder weg. Außer den Kleidern am Leib besaß er nichts. So hausen Wandermönche und Terroristen, Balsam der Spieler und Mulish der Dieb. An der Tür standen Kinder und schauten ihn an, größere mit kleineren, schauten ihn an.

Nessel stand in der Tür und schaute ihn an, stumm und unbeweglich, die Hände im Rücken. Sie kam allein, blieb länger, kam immer näher, in katzenhaft kleinen Etappen, die sie selbst bestimmte. Ein starker Regen half ihr, im Anbau zu bleiben, sie saß auf einer Kiste und schaute ihn an. Dann hockte sie auf der Matratze neben ihm. Sie gab keine Antwort, er fragte nichts, sie gab keine Antwort. Hier bin ich, du kannst mich erkennen, erkennst du mich? Das sagte nicht ihre Stimme, das redete ihre Gestalt.

Einmal liefen die Kinder zur Straße hinunter. Dort stand ein Fotograf, er machte Bilder. Er nahm die Bäume und die Straße auf, den Himmel, das Haus und die Kinder, das hieß Portrait. Er fotografierte alle, so wie sie da standen. Nessel bestellte fünfzig Bilder, der Fotograf schrieb ihren Namen auf. Die Bilder wurden von der Post gebracht, waren alle gleich und kosteten Geld. Nessel wurde von ihrer Mutter geschlagen, halb totgeprügelt lief sie zu Shalamun. Er tröstete sie, bezahlte die Sünde, und sie gab ihm fünf Bilder von Nessel, alle gleich.

Einmal brachte sie einen Apfel mit. Er teilte ihn zwischen den Händen, ohne Messer, und sie aßen ihn zusammen, jeder die Hälfte. Eines Abends wollte sie nicht mehr fort.

Du kannst nicht bleiben, sagte Shalamun. Es wurde dunkel.

Ich hab keine Decke, sagte Nessel. Sie blickte, ohne zu schauen, auf seinen Mund.

Wo ist deine Decke.

Sie ist weg.

Er schickte sie fort, sie wollte nicht gehen. Er hob sie vom Rand der Matratze, sie hielt sich fest. Sie machte sich schwer und wollte weinen, doch er brachte sie durch die Tür in den leeren Hof. Sie stand in der Dämmerung und schaute ihm nach.

Ich konnte die Blicke im Halbdunkel nicht erkennen, schrieb Shalamun, *aber ich spürte, sie verbrannten mich*.

Sie hatte die Decke im Bett ihrer Mutter versteckt, das hörte er später.

Am nächsten Tag sah er Leute auf dem Hügel. Es war Nessel mit ihren Geschwistern, sie hatten dort oben ein Feuer gemacht. Schwerer brauner Rauch kroch über die Mauern, die ganze Gegend roch nach Horn und Stroh. In weiter Umgebung flog Asche herum.

Am Abend kam Nessel wieder zu Shalamun. Sie sagte: ich hab kein Bett, du muß mich nehmen.

Wo ist dein Bett.

Es ist weg.

Shalamun sagte: warum hast du das gemacht. Sie sagte nichts. Nach einer Weile sagte sie: damit ich keins hab, du mußt mich nehmen. Sie blickte, ohne zu schauen, auf seinen Mund.

Nessel, geh jetzt, sagte Shalamun. Er versuchte behutsam, sie nach draußen zu bringen, aber sie hielt sich an ihm fest.

Du mußt zu Hause sein. Irgendwer sucht dich.

Sie sah ihn an, als sei er nicht da, und sagte: nein, nein. Nesselchen, was ist das für ein Spiel.

Sie schüttelte den Kopf, ihr Haar rieb an seinem Hemd. Er spürte den Duft und die Wärme in ihren Kleidern, sie atmete feucht an seiner Brust.

Nesselchen. Nein.

Sie bewegte sich nicht, sie wartete auf ein Zeichen, etwas von seinen Händen, aus seinem Gesicht. Zum erstenmal sagte sie seinen Namen. *Eine kratzende Raupe kroch aus ihrem Mund.*

Du mußt mich nehmen.

Nessel blieb bei Shalamun. Sie verließ ihn am Morgen und kam in der Nacht zurück. Sie kam und ging nach einem Plan, den er ahnte, das hing mit den Liebhabern ihrer Mutter zusammen. Sie wartete, wenn er nicht da war, auf seinem Bett.

Könnte ich nochmal die Papiere lesen. Es käme auf einzelne Wörter an. Shalamun, der diskrete, der seine Abgründe kennt, verweilte nicht lange bei sich selbst. Nessel, Nessel. Er hat, was ihn brannte, in diesen Namen getan. Hier ist eine Wunde, und vielleicht der Grund für einen geplanten Mord. Sie kam immer öfter zu ihm und blieb immer länger. Sie schlief noch neben ihm, wenn es draußen schon hell war, die Männer fuhren in ihren Wagen weg. Ich erinnere mich an einen halben Satz: – wenn ihre Kleidchen auf dem Boden lagen. Sie wollte nicht, daß er in den Familien aß, er sollte essen und trinken nur mit ihr. Sie brachte ihm Gin und Kekse, Rosinen und Schinken, aus den Eisschränken der Baracke gestohlen, von Liebhabern ihrer Mutter mitgebracht. Sie schaute ihn an, als gäbe es nur ihn. Es gab das Haus, die Herbstluft, den Schlamm vor den Treppen, die Krähen und Hunde, die Kinder und die Geschwister, die rauchenden Männer im Hof, die bösen Blicke der Frauen, die Landstraße, den Verkehr, und sie selbst war da – aber es gab nur Shalamun. DASS ICH NESSELCHEN ZU IHR SAGTE, HAT EIN UNGEHEUER AUS IHR GEMACHT. Sie preßte sein Gesicht an die kleinen Brüste, er erstickte in ihrer Haut, auf ihren Rippen, in den mageren harten Armen und ihrer Kraft. Das war, als sie seine Unruhe spürte, in den Leuten ging etwas vor, er mußte weg. Er riß ihren nackten Körper von sich, ihr Gesicht ohne Trost. Shalamun! Sein Name war Herzzerreißen in ihrer Stimme, er schien nie so unabwendbar an ihn gerichtet. SIE ATMETE MICH EIN. SIE KÜSSTE UND TÖTETE MICH IN IHRER SEELE.

Du mußt mich behalten, Shalamun.

Seit diesem Moment war er nicht mehr da. Er schien das Haus am Abend verlassen zu haben, und sie wartete nachts auf seinem Bett. Er hielt an der Autobahn einen Wagen an, er stieg in den nächsten Schnellbus nach BC, er verschwand in einem Hotel an der Straße zum Lido, aus den Papieren ging das nicht hervor. Er versuchte, sich vorzustellen, was Nessel machte. Einmal war Untertauchen zu viel für ihn.

In den Papieren stand der Satz: sie hatte geglaubt, was man ihr erzählte, daß reiche Leute mit weißen Kohlen heizen.

Ich schreibe etwas für Sie auf, das Shalamun mir beim Frühstück erzählte. Mit den Papieren hat es nichts zu tun.

Er sagte: ich kannte ein kleines Mädchen, nach Jahren sah ich es wieder, es stand auf der Straße. Es war noch klein, trug aber schon damenhafte, schöne Kleider. Es war zärtlich wie früher, das machte mich froh. Es faßte mich an und brachte mich in ihr Haus. Das war in einer Stadt mit Arkaden und Plätzen, so sah es vor zwanzig Jahren in Asti aus. Im Haus gab es viele Säle und Terrassen und ein eckiges Treppenhaus mittendrin. Die Mutter des Mädchens saß im Obergeschoß und sagte nichts. Einer ihrer Brüder saß am Tisch und machte Abschriften aus dem Naturkundebuch. Es kamen und gingen viele Leute, das Haus war immer voller Menschen, aber ich wußte nicht, was sie hier machten. Ich war oft im Haus und wäre gern geblieben. Das Mädchen wollte in meiner Nähe sein, und ich wollte in ihrer Nähe sein. Sie fragte mich Sachen, die sie schon wußte, und wenn ich Antwort gab, lachte sie wie verrückt. Als ich für immer weg wollte, wurden die stillen Leute munter. Das Mädchen sagte: ach warte doch, bis meine zwei lustigen Schwestern kommen. Die Mutter rief durch das Haus: ach bleib doch, bis meine zwei lustigen Töchter kommen. Der Bruder unterbrach die Abschrift aus dem Naturkundebuch und rief: ach bleib doch, bis meine zwei lustigen Schwestern kommen. Als ich fortging, hörte ich aus allen Mauern: ach bleib doch, bis die lustigen Schwestern kommen. Das Mädchen spielte für mich Kindertanz, aber ich war schon unterwegs und wußte, die lustigen Schwestern gab es nicht.

Was hat ein Mensch davon, wenn er übertreibt. Welche Art von Genugtuung ist dabei?

Sätze einer Dame, an ihn gerichtet, als er auf einer Party HONIG KAUTE (Shalamuns Ausdruck für Ennui). Er verbeugte sich höflich zu der Dame hin, man empfindet diebisches Vergnügen, Madame. Ja, vielleicht Sie! rief ernsthaft jene Dame. Wie Sie wünschen, Madame, sagte Shalamun.

Wenn Sie ihn kannten, sind Sie – wie ich – überzeugter Teilhaber seines Vergnügens, seiner unergründlichen Vielfalt an Übertreibung, seiner Lust zu erfinden und seiner Lügen, Shalamun ist ein wunderbarer Lügner gewesen – dieser Sohn eines Schiffskochs oder Brunnenputzers –, er täuschte mit Lust und Laune jeden Charakter, doch nie sich selbst. Die Chance zu erfinden ließ er sich nicht entgehen, und Schwadronieren war sein Paradies. Reichtum offensiver Unglaublichkeiten, er war der Meistercharmeur gezinkter Sätze, ich könnte mit einem Paradox behaupten, daß er – der Lügner – rein und aufrichtig war. Deutlicher als durch die Kunst erfuhr ich von ihm, daß Lügenkönnen eine gerechte Sache und immer mal wieder unerläßlich ist. Wahrheit ist ein Unding, das sich selbst verschlingt, und Wahrhaftigkeit ein Beispiel für schlechten Geschmack. Wissen beruht auf Erfindung, ein Satz von ihm, sie war das Hoheitsgebiet eines Souveräns, sein Füllhorn, sein Irrlichtspiel und sein gutes Gewissen, ja, seine Wahrheit erfreute sich guten Gewissens. Wer die Meister der Lüge Lügner nennt, zieht sich den Widerwillen der Götter zu – Shalamun überließ es mir, den Satz zu erfinden, die Erfindung unhaltbarer Sätze ist mein Vergnügen, vor allem im Geist Shalamuns, des Bedenkenlosen, des Unverfrorenen und seines Stils, so daß es Ihnen, Stella, nicht möglich ist, den Satz Shalamuns von meinem zu unterscheiden.

Verbürgt ist die Geschichte eines Ganoven, der nachts für Augenblicke den Spieltisch verließ, auf einem Casinoschiff vor der griechischen Küste, dann verschwunden blieb, verschuldet und ohne Spur, und vier Jahre später zum Vorschein kam, als Sanitätschef im Dienst des cubanischen Staates. Es ist das Personal der Rattenlinien, die Geschichte der Untergetauchten und Aussortierten, der Nachtschattengestalten und ihrer Wege, Shalamun hat mir eine andere Story erzählt.

Wenn es auf ihn und seine Wahrheit zutrifft, saß er mit Freunden in der Nacht zusammen, in einer Delegation for peace and future, Sponsoren, Vortragsredner und Enthusiasten, in den festlichen Vordersälen des *Chandolin*. Was machte Shalamun in diesem Club. Ein frivoler kleiner Sektrausch belebte die Köpfe, lockerte Schlipse, machte die Stimmen laut, man plätscherte in gehaltvollen Ansichtssachen, kegelte Gesichtspunkte hin und her. Mein Beitrag beschränkte sich diskret auf nichts, ein bißchen Schläfrigkeit, sagte Shalamun. Ein Boy in Weiß erschien mit schwarzer Tafel: Mister Schellemoun zum Telefon. Ich konnte mich noch erinnern – an mich selbst, schob den Stuhl von der Stelle und folgte dem Boten durch gedämpfte Korridore zum Telefon, es hing an der Wand, die Muschel lag auf dem Tischchen, neben veilchenduftenden Rosen aus Papier. Hallo? Hallo. Wie bitte? Ja, hallo. Eine süße erregte Stimme bedrängte ihn. O Shalamun, du mußt kommen, schnell – es ist alles ganz furchtbar – ja bitte sofort – ich warte auf dich – ja oben am Lift. Es blieb keine Zeit zu fragen, er mußte hin. Sein BINGLEICHWIEDERDA verlor sich in Rauch und Lärm. Im Taxi durchquerte er die dunkle Stadt, Strecken und Straßennamen, die er kannte, blinkende leere Asphalte in trockener Nacht, Flimmerfassaden der Discos, Potemkins Paläste, die schaumgrauen Borgia-Fontänen ohne Licht. Im Stadion Nord war ein Boxkampf zu Ende gegangen, die Taxifahrt endete in einem Stau. Shalamun bezahlte und ging zu Fuß. Gangs der Schlachtenbummler, Geheul und Fahnen, Knochenbrechervereine mit Stimmungskanonen – Horden von Bier und Blut zusammengeleimt, er verlor die Richtung, wurde abgedrängt und von harten Armen in die Schraube gedreht. Er wehrte sich gegen Leute, die er nicht wahrnahm, gegen Schuhe und Fäuste, die er nicht mehr spürte, versackte in Übelkeit und kippte um.

Er kam wieder zu sich in einem Jeep. Er fuhr im Abendlicht an der Küste entlang, das Wasser schimmerte weit, besonnte Flächen, der Chauffeur war allein und stumm, immer weiter stumm (Schweigegelöbnis oder Sprechverbot?), im Rückspiegel blickten ihn muntere Augen an. Shalamun stellte fest, daß er gefesselt war, er lag wie ein frisch gekaufter Sklave da, doch keine quere Lage scheint aussichtslos, sofern Nonchalance dem Opfer zu Hilfe kommt. Er warf sich mit Stärke ins Genick des Chauffeurs. Das Fahrzeug schlingerte von der Piste, wühlte Sand auf, blieb in der Brandung stehn. Der Chauffeur hing ohne Besinnung schräg vom Sitz, Hände und Hosenbeine von Schaum umspült. Shalamun zerrieb die Fesseln – Plastikschnüre – an scharfen Kanten der Karosserie. Er war so erschöpft, daß er in die Wellen fiel, und vom Wasser so schnell erfrischt, daß er nicht ertrank.

Shalamun hat nie erfahren, worum es ging. Das Schweigen des Menschen und seine munteren Blicke, die sorglose Art, den Gefangenen zu chauffieren, das sah nicht nach dunkler Unternehmung aus, das konnte Männerraub als Komödie bedeuten, ein Austausch von Scherzartikeln in Menschengestalt, auf der Grundlage einer Verwechslung mit welchem Herrn? Die Bitte, ihn zu entfesseln, hätte genügt, den Chauffeur zum Sprechen zu bringen und ihn zu befreien, auf dem märchenhaften Weg in das Haus eines Gönners, zu Bädern und Salben, in irdische Paradiese, in hübsche Mysterien à la Cocotte Filou. Mit Bedauern sprach er von jenem Unbekannten, der vielleicht sein Komplize oder Retter war. Er hatte sich selbst um ein Abenteuer gebracht.

Am nächsten Morgen stand er in einem Gelände – Verein für globalen Profit, unter knatternden Fahnen (und Studio Fidelitas in kleiner Schrift), voller

Duschen in Pilzform und Badeschlößchen aus Plastik, Plätscherpools voll gefärbter Flüssigkeiten, mobilen Sitzformationen aus Blech und Rinde, pelzbesetzten Schaukeln, elastischen Wippen. Ein Pottwal, in Lebensgröße und aus Beton, lag als Insel am Rand der Flut mit geteertem Bauch, auf dem Rücken ein Aussichtsplateau mit Fontäne und Bank. Cowboys und ihre Pferde aus Hartholz und Leder, in friedlichen Scharen über das Studio verteilt, weithin sichtbar mit Spritzpistolen im Gurt. Wasserlabyrinthe mit gläsernen Wänden, eine tintendunkle, gluckernde Tauchstation, bewacht von neptunischen Monstern im Badekostüm. Mit Keramikplättchen gepflastert, in kunstvollen Schleifen, durchzog ein Meditationspfad das bunte Gelände, und im Nabelpunkt des Betriebs, zwischen Porno-Najaden, stand der Unbekannte Schwimmer auf einem Delphin. Musik überflutete die verschiedenen Zonen, und die Kundschaft, Menschengedränge in Shorts und Schlappen, unterschied sich nicht sehr von der Einrichtung des Vereins.

Shalamun war zur passenden Zeit hier eingedrungen, man bot ihm die Stelle des Bademeisters an. Was man darunter verstand, war nicht zu klären, eine Kombination aus Faktotum und Therapeut, allgemeinhuman mit sportlicher Energie, eine Schlüsselposition ohne Eigenschaft? Er sah davon ab, sich engagieren zu lassen, zog ruhigen Aufenthalt als

Kurgast vor und gab nach zwei Tagen diese Spielart auf, erleichterten Herzens, ohne bezahlt zu haben, in Begleitung einer Diana nicht von dort. Sie hatte ihn an sich genommen in einem Pub und er sich ihrer bemächtigt in einem Hotel, er nahm aus Versehen ihren Koffer mit – eine Reflexbewegung, schrieb Shalamun, ein Ding mit Henkel fordert dazu heraus, zart angehoben und fortgetragen zu werden, dann stand ich im Intercity nach BC. Warum dieser Koffer, er brauchte keinen, er wollte keinen gefüllten und keinen leeren (der Koffer, den er trug, schien gefüllt zu sein), er ließ den Koffer im Abteil zurück, er wurde ihm durch das Fenster nachgereicht. Er ließ ihn in Bars und Toiletten stehen, in verschiedenen Taxis, in einem Frisiersalon, er ließ ihn mitternachts im Park verschwinden – umsonst, die Welt ist voll gerechter Leute, man wies ihn überall auf sein Eigentum hin, man rief und lief mit dem Koffer hinter ihm her. So kam er auf den Gedanken, mal nachzusehen. Der aufgebrochene Zufall war voll Geld, und ein starker Revolver, kein Schreckschußrohr, lag in Damenwäsche gewickelt obenauf. Wer Shalamun ist, macht es umgekehrt, er behält die Waffe, aber nicht das Geld, nimmt auf Verdacht ein einzelnes Scheinchen mit und verschließt den Koffer in einer Box. Das Geld erwies sich radikal als Blüte (er kann das alles auch erfunden haben). Wer irrt auf der Suche nach einem Koffer herum, im Kopf den Steckbrief eines Shalamun. HARK, HOW THE CHIME OF PLUTO'S PISSPOT CRACKS – ein Satz, der in den Papieren stand.

Was soll ich Ihnen erzählen, sagte Shalamun, ich erinnere mich nicht, wie das passierte, das ist Gottes Wahrheit, nicht mein Gewissen, ich lief mit niemandes Wahrheit frei herum, Ghostwriter eines Reporters, dann eines Baptisten, in Schwarzhandel, Seelenstrapazen und Poker verwickelt, mit kleinen Verhaftungspausen von Zeit zu Zeit, unter falschen Namen und namenlos, als blinder Passagier oder erster Klasse, durch Europa und Orient bis Askuschkin-Babaldo, mit jeder Bedingung einverstanden, denn ich ging davon aus – ich ging aus von nichts. Ich war mit der Zeit immer leichter geworden, flüchtiger, spurloser und so unsichtbar, wie ein Lebewesen mit Schatten sein kann, ich wäre fortgeflogen, von mir aus, aber –

– ich bin auf die Füße gefallen, sagt Shalamun. Mein Paradies ist ein Traum von BC, ich komme immer dorthin zurück.

Seine Papiere hörten einfach auf. Der Wortlaut brach ab, wie er selbst verschwand, ohne sichtbaren Grund. Er hat nichts begründet und nichts erklärt. Die Frage nach dem Mörder kam nicht mehr vor, das Spiel schien ohne Bedauern ergebnislos. Alles ist möglich. Am Schluß der Papiere stand der Satz:

WENN ICH NESSEL BEHALTEN HÄTTE – schwer zu entziffern und ohne Interpunktion.

Ich werde nie wissen, was passierte, bevor Shalamun ins *Old Haifa* kam, es sei denn, Sie sind die Killerin und antworten mir. Aber wenn Sie, Stella, die Killerin sind, klingeln Sie nachts an meiner Tür. Shalamun wurde angefallen in einer Nacht, in Zwielicht und Menschenleere von BC, in einer Seitenallee des Belmondoparks, unter U-Bahnbrücken, im Korridor einer Bar. Er wurde im hellen Mittag umgelegt, in ein Kellergeschoß gezogen und fertiggemacht. Eine Frau sprang ihn an, bevor er reagierte, Beine wie Scheren um seine Hüften geklemmt, ein Arm um den Hals, eine Hand in seinem Gesicht, reißende, kratzende, viehische Finger, und er spürte ihren Atem wie in der Liebe und hielt den furchtbar wütenden Körper fest, bevor er versuchte, ihn von sich zu reißen, wie er sich Nessel vom Körper riß. Er stürzte sie zu Boden und wehrte sich weiter, denn sie warf sich, blutend, wieder gegen ihn und war für Sekunden stärker als er (der nicht haßte), und er sah, falls es hell war, in fremde Augen, und, falls es dunkel war, in Nessels Gesicht.

Shalamun war verletzt, er hatte die Frau verletzt, ein entstellter Körper kroch im Schatten weg, ein wimmerndes Wesen verschwand, auf welche Weise. Wer getötet hat, schrieb Shalamun, weiß, daß er selbst getötet werden kann. Der Satz gehört an diesen Punkt. Ich denke an Shalamun in meiner Wohnung, er stand am geöffneten Fenster über dem Limbo, auf die Unbekannte – den Feind – wie ein Liebender wartend, à nous deux maintenant, eine tödliche Konstellation. Als er sorglos im *Old Haifa* träumte, mit Vergnügen seine Papiere schrieb, schien er sein Gegenüber los zu sein. Er schien zu wissen, daß ihn kein Feind mehr suchte (der lag wie er selbst in einem Loch). Es ist möglich, daß Shalamun stürzte, und es ist möglich, daß er getötet hat. Alles ist möglich. Es ist auch möglich, daß etwas anderes begann, in der Nacht, als Shalamun das *Old Haifa* verließ. Er ging zur Geliebten, die seine Killerin war.

Was bleibt zu sagen. Nicht viel, es sei denn, ich wüßte, wer Sie sind. Shalamun kann tot sein oder leben, daß er verschwunden ist, hat nichts zu bedeuten – er war, auf verschiedene Weise, immer verschwunden –, aber ein harter grauer Zweifel bleibt. Der Tote verwandelt sich in seinen Namen. Ich will wissen, daß Shalamun lebt.

Serge Moore,
Sie haben mir viel von Ihrem Freund erzählt und sich so große Mühe gemacht, einem unbekannten Menschen gegenüber verständlich zu sein, daß ich davon sehr berührt bin. Was Sie vermuten, trifft aber nicht zu. Eine Mörderin bin ich nicht, ich habe auch nie den Wunsch gehabt, Shalamun zu schaden. Ich bin auch nicht jene Person, die übrigbleibt, wenn andere sich, wie Sie schreiben, als Irrtum erwiesen haben, und bin auch kein Irrtum. Ich kann fast alles glauben, was Sie mir schreiben, und vieles beglaubigen, Ihr Brief enthält für mich nichts Unbekanntes oder Fremdes, aber Einzelheiten aus seinem Leben, die ich nicht wußte oder nicht wissen wollte. An mehreren Stellen Ihres Briefs spürte ich eine Unsicherheit, die wohl darin bestand, über Shalamuns Frauen an mich zu schreiben, aber ich möchte Ihnen versichern, daß nichts von dem Mitgeteilten, auch nicht die Art Ihrer Darstellung, mich erstaunt, verletzt oder in Verlegenheit gebracht hat. Ich weiß, daß Shalamun den Frauen gefällt. Vielleicht gefällt ihnen seine Großherzigkeit, sein Leichtsinn, und daß er sich nicht kennenlernen läßt. Sie lieben ihn, weil er lacht, und weil man mit ihm lachen kann. Er ist Shalamun.

Warum mein Name und meine Adresse unter den Sachen sind, die Shalamun in Ihrer Wohnung vergaß, kann ich nicht erklären, es muß Zufall sein.

Wenn nicht Zufall, dann Erinnerung, denn ich habe Shalamun geliebt. Daß er auch mich geliebt hat, glaube ich heute und seit ich Ihren Brief gelesen habe, denn er hat mich in den Papieren nicht erwähnt. Wir haben einen Winter zusammen gelebt. Er lebte in einer teuren, hellen Wohnung in einer Kastanienstraße hinterm *Belmondo*, und ich in einem Appartementhaus des Französischen Viertels, nicht weit von der Schnellstraße zum Lido. Ich wollte ihn allein lieben und von ihm allein geliebt werden. Ja, ich wünschte, immer nur von ihm geliebt zu werden. Ich dachte, dieser Mann hat alles, was ein Mensch haben kann, und er soll alles von mir haben. Er wird mir alles geben, was er ist, und ich gebe ihm alles, was ich bin. Eine Zeitlang war ich überzeugt, die einzige Frau zu sein, die für ihn etwas Unermeßliches verkörpert, zu der er zurückkommt und die er braucht, deren Nähe ihm Gewißheit gibt und mit der ihm wohl ist. Heute bin ich froh, daß das nicht eingetroffen ist. Eine Nähe, so hell und tief, so unbezweifelbar und unverwüstlich, muß doch als furchtbare Last zu spüren sein, für Shalamun und auch für mich. Dieser Nähe gewachsen zu sein, ist doch gar nicht möglich. Shalamun schien nie eifersüchtig zu sein, das hat mich am Anfang aus der Fassung gebracht. Er sagte: hinter den Körpern und Stimmen, die du kennst, und hinter den andern, die du nicht kennst, die dich beunruhigen und zur Verzweiflung bringen, erscheint immer wieder eine andere Frau, und hinter ihr wieder eine andere, eine Geliebte oder ein Mensch, der glaubt, der einzige zu sein, jener, auf den es ankam und ankommen soll. Und dahinter wird eine sein, von der niemand weiß, die glaubt, die Einzige, die Verlangte zu sein, und so setzt sich die Reihe ins Imaginäre fort. Liebende sind nie allein. Sie sind von Gespenstern umgeben, lebenden und toten, und atmen im Raum der Geister. Dagegen kommt ein Mensch nicht an, deshalb lebt er damit. Er hat das gesagt, um mich zu trösten, aber es hat mich in der Seele verstört. Ich war damals sehr unglücklich, und weil ich die Liebe nicht verlieren wollte, zweifelte ich an ihm und nicht an mir. Ich hätte auch Grund gehabt, an mir zu zweifeln.

Shalamun ist mir nah auf andere Weise. Ich mache mir von ihm kein Bild. Ich habe die Bilder aufgegeben, die schönen und die dunklen, und Sie wissen ja oder glauben mir, daß das kein Verlust ist, sondern das Gegenteil. Er wird nichts davon erfahren, denn er kommt nicht zu Menschen zurück, das schreiben Sie selbst. Was ich von ihm weiß, kann ich nicht sagen, ich weiß wohl nur ihn. Die Menschen, die Sie erwähnen, kannte ich nicht, ich war zu oft mit Shalamun allein, es ist aber möglich, daß ich von ihm ein paar Namen hörte. Einmal sah ich ihn mit einer Frau. Er ging mit ihr in den Arkaden des Victoria-

Rings, ich konnte lange zuschauen, denn ich ging hinter ihnen und es war Abend. Er war mit dieser Frau so vertraut wie mit mir, das wollte ich nicht lange sehen.

Ihre Nachricht kam nach Chicago, hat mich aber dort nicht mehr erreicht. Polperro-Drive war meine Adresse, es gibt diese Straße, und Ihr Brief wurde mir von Bekannten nachgeschickt. Seit ein paar Monaten lebe ich wieder in BC, aus Ihrer Adresse zu schließen, wenige Kilometer von Ihrer Wohnung entfernt. Sie haben mir vertraute Dinge erzählt, die Gegenden von BC, die Jahreszeiten und die Nächte, und im *Explic* bin ich oft gewesen. Ich könnte nachts an Ihrer Türe klingeln, aber nicht als Killerin, die Sie erwarten, und die es aus Gründen, die ich nicht kenne, gegeben hat oder immer noch gibt, es wundert mich nicht. Ich stellte mir vor, Sie eines Abends anzurufen, wollte dann aber lieber schreiben, wenigstens ein paar persönliche Zeilen an Sie richten, um für Ihren langen Brief zu danken. Er erzählt mehr von Shalamun als von Ihnen, Sie sind also wirklich ein Freund von ihm. Ihrer Ansicht von Shalamun will ich nichts hinzufügen, ihr auch nicht widersprechen, sie ist so gut wie meine oder die eines anderen, der ihn kannte und vielleicht liebt.

Und wer sollte Shalamun umbringen wollen! Er hat recht, mit dem Gedanken zu spielen, was sollte er sonst damit machen, und was könnte er Schöneres tun, als Götter zu berauben, die nicht existieren. In BC verlieren sich alle Spuren, es ist ein Glück, das ich schätzen kann und gut gebrauche. Ich treffe hier nie einen Menschen, den ich kenne, und werde Shalamun oder Ihnen nie begegnen. Daß er verschwunden ist, hat nichts zu bedeuten (erinnern Sie sich, was Sie geschrieben haben). Sie wissen, wie ich, daß Shalamun lebt, und daß ihm nichts zustößt. Er lebt, das freut ihn und macht mich froh.

Like Brisbane

Babylon-City, Anfang Januar
Ein Wunsch erfüllte sich, von dem ich nichts wußte – eine Reise in der Silvesternacht. Ich war am Abend in Schneesturm geraten, dazu in Eile, weil ich den Autozug zu erreichen versuchte. Die Straßen im Gebirge waren verschneit, die Wetterseiten der Eichen mit Schnee bestäubt, Straßengräben und Zäune unkenntlich, kein Mensch, keine Schneepflüge, kein Verkehr. Ich fuhr langsam durch tiefen Schnee, kam kurz nach 18 Uhr zur Station, die Rampe war geöffnet, der Zug stand da. Im Dienstraum, hinter beschlagenen Scheiben, tranken Bahnbeamte Kaffee. Güterhallen, Vorplatz und Warteraum dunkel, der Autozug leer, ohne Licht. Ich klopfte ans Fenster, die Beleuchtung ging an, eine Tür, nach außen geöffnet, schob Schnee zurück. Im überheizten Dienstraum erfuhr ich, daß der Zug planmäßig fahre, aber leer sei, keine Gäste habe, weder Fahrzeuge noch Personen. UND SIE WOLLEN MIT, OHNE VORBESTELLUNG! Plötzliche Eile, Stühle, Mützen und Lampen in Bewegung, keine Zeit für Formalitäten (die Bettnummer, das Billett, die Fahrzeugpapiere), ich fuhr an geschwenkten Lampen vorbei zur Rampe, durch fünf doppelstöckige leere Autoträger, auf dröhnen-

den Eisenplanken nach vorn, wo der Wagen mit Stangen befestigt wurde (Arbeiter in Fausthandschuhen, wattierten Mänteln). Ich ließ die Kamera im Wagen, nahm Fernglas und Koffer mit, lief durch Schnee am dunklen Zug entlang, ein Zugbegleiter winkte mich in die erste Klasse, ernst und pompös wie der Butler in einer Komödie: Zu Ihrer Verfügung, Monsieur; suchen Sie selbst das beste Abteil.

Der Zug hatte lange im Schnee gestanden, der Waggon war kalt. Das nächste Abteil war gut wie jedes, ich verteilte die Reisesachen auf Bett, Tisch und Gepäcknetz – Fernglas, Transistorradio, Papiere und Kleider –, der Zugbegleiter erschien, schaltete Hauptlicht aus und Nachtlicht an, legte Decken ab und fragte nach meinen Wünschen (hatte ich Wünsche?, froh, den Zug erreicht zu haben, ich hatte keine). Schnee fiel an das Fenster, ich glaubte, das Taumeln schwerer Flocken zu hören, dahinter war Nacht wie Verdunklung im Krieg, geräuschlos und taub. Der Zug fuhr an, metallisches Dröhnen, vertraute Schienenschläge und Vibrationen, beruhigend wie in der Kindheit, zu Träumerei verführend, einschläfernd. Der Schnee flog schneller, streifte die Scheibe und wirbelte aus dem sichtbaren Raum. Heizungshitze strömte in das Abteil. Der Zugbegleiter stand im Gang – mein Dienstpersonal, mein Betreuer, Wärter und Kontrolleur, mein Handlanger, meine Bedienung, mein Rat, Leibwächter, Faktotum – und ich der einzige Reisegast, zufälliger Gegenstand seiner Aufmerksamkeit, Sonderpassagier und Silvesterpartner, einzelner Nobody seiner sechstausendsten Dienstfahrt – und er ein Veteran, der klangvolle Titel zu beanspruchen schien – Ptolemäus der Pullmanzeit, Höflichkeitsapostel und Passepartout, Großer Schlafwagenherrscher der neige d'antan, bedienende Majestät der tour du monde, Urvatergestalt aller Dienstmänner, Schaffner und Kellner, Sekretäre und Butler, Gondolieri, Nachtportiers und Hoteldetektive, stolzer alter Schlafwagen-Geist, gerissen, unbestechlich und konziliant, Zeuge von Flucht, Verfolgung und Spionage, Connaisseur von Luxus und L'amour, ein Cicerone, der Nachtclubs soufflierte, Hotels und Bordelle, Gigolo oder Zuhälter nach Bedarf, Mitwisser äußerster Heimlichkeiten, von Femmes fatales ins Vertrauen gezogen, Geheimnisträger, Alleinunterhalter – ein alter Mann, der behaupten konnte, er habe bessere Tage gesehen, ihm sei nichts Menschliches fremd. Er brachte Sekt aus dem Speisewagen. Ich bat ihn zu mir ins Abteil.

Er war Argentinier, im globalen Transit zu Hause seit Menschengedenken, mit rollendem Akzent neun Sprachen jonglierend und stolz auf sein Alter, sofort bereit, sich fotografieren zu lassen (vor einer Naturpark-Reklame im Dienstabteil), er schien oft darum gebeten worden zu sein. Erscheinung eines

Geheimrats aus der Levante, dunkle Gesichtszüge, weißes Haar, maliziöses Lächeln, BEHERRSCHTE MELANCHOLIE (ein Merkmal, das Maugham für sich in Anspruch nahm), elegante, frisch gebügelte Uniform. Er erschien stilisiert, als menschliches Fertigteil, eine fremde Gestalt, die jeder zu kennen glaubt (ich kann die Erscheinung brauchen, wie sie ist). Er forderte Respekt und Zuhörerschaft, vielleicht Sympathie. Sein Gespräch bestand aus Sentenzen und Anekdoten, er schien sie häufig erzählt zu haben, kannte die Wirkungen und Pointen – ich war enttäuscht. Kleine Weisheit, gleichgültige Misanthropie, er teilte die Menschen ein in Spatzenfresser, Teilstrecken-Päpste und Direktoren – ausgenommen wir beide und alle Damen, er lachte nicht. Vielleicht gibt mir mein Alter das Recht, die Gesellschaft als Kindergarten anzusehen. Unverheiratet? Selbstverständlich – ich begreife nicht, weshalb man mich deshalb bedauert. Lassen Sie mich raten – Sie sind Architekt. Nein? Journalist. Nein? Das wundert mich, ich täusche mich selten. Zur Erscheinung gehörte, sich nicht vorzustellen. Das Wort, das den Namen ersetzte, hieß *Monsieur*.

Der Zug fuhr durch Kurven hinunter zum Meer. Eisen schrillte und schütterte in den Tunnels. Sekt schaukelte in den Gläsern. Wir hatten bis Mitternacht mehrere Flaschen geleert und uns wechselweise dazu eingeladen. OHNE SIE HÄTTE ICH MICH

HINGELEGT – WÄRE WOHL EINGESCHLAFEN (Monsieur). Im Tiefland fiel Regen. Von Land oder Landschaft war nicht viel zu sehen. Nasse Chausseen, Schranken und Zäune, leere Bahnhöfe, triefende Bäume. Ein Kraftwerk blieb hell und massiv im Dunkel zurück. Ein Gewässer spiegelte mattes Licht. Entrückt erscheinende Orte ohne Beleuchtung, flache Städte unter Silvesterfeuern, vereinzelte Stichflammen, spärlich und trübe. Räume, die der Ahnung zugänglich sind, vielleicht dem Erinnern. Es gelang mir nie, den Raum der Nacht zu filmen, ihre ungewisse, maßlose Räumlichkeit. Der Aufwand an Illusion ist wie Parodie – Falschlicht, Dämpfe, Wetterleuchten. Das Dunkel entzieht sich filmischer Gestaltung, und auch die Stille – wie lange noch gebe ich dieser Behauptung recht.

Silvester ist unentrinnbar, und ich fragte mich, wie ich frühere Nächte verbrachte, mit wem und wo –

– allein in Saint Jean de Mannol, Nacht ohne Glocken, Flammen, Kaiserwalzer, schlafend in einem Hotelbett bei offenem Fenster, Föhnluft, Tauschnee, gurgelnde Traufen –

– in Babylon-City, allein unterwegs im Wagen, als ich das Team im Stich ließ, um nicht feiern zu müssen mit Sekt und Umarmung, Viviane war böse –

– mit Viviane in den Bergen, Piz Logodon, lange langsame Dämmerung ohne Schnee, Eichenhänge im Regen, Fahrwege voll Laub – und *Stapfen*, ein Wort, das ihr einfiel, Viviane, als unsere Spuren sich mit Wasser füllten – erschien uns so trostlos, daß wir wenig sprachen, ihre und meine Befürchtung nicht erwähnten, uns nicht, wie sonst, auf Motive aufmerksam machten – und zurück in die Villa zu den anderen – Licht in allen Fenstern, Musik und Stimmen, WIE EIN KÄFER, DER IN DER SCHACHTEL BRUMMT (Viviane) –

– Silvester im *Paga Pargo*, Viviane war tot, wir drängten uns auf die kleine Terrasse, um Ringelas Feuerwerk über dem Fluß zu sehen, und Rahel krallte sich an mir fest, katzenhaft klein und starr vor Unbehagen, die Art von Disneyland hatte sie nie erlebt –

– in Straßburg mit Shalamun, wir irrten durch leere Arkaden, Chips und Pappbecher, Weingestank von Erbrochenem, LES ORTIS NOIRS – LES ORTIS irgendwas – hieß das Haus, das er suchte, es ist möglich, daß das in Straßburg war –

Die Orte am Meer waren größer, die Bahnhöfe heller, die Feuerwerke entluden sich über der Küste, sprühten und knallten durcheinander, Städte unter Regen und Funkenregen, Schiffe wie Feuerbecken voll Qualm und Rotglut, Wetterleuchten vorm Horizont. Ich stand am Fenster, hörte die Detonationen, der Zug fuhr durch rosigen Dunst, ich roch Gummi und Schwefel, am Waggon krepierten Geschosse aus Glas, Lichtschaum zischte aus gigantischen Sprays. Eine Stunde des alten Jahrs und eine des neuen, und Hunderte Kilometer aus Glanz und Lärm. Der Monsieur bestand darauf, mit mir anzustoßen, trat dann hustend vom Fenster zurück, verbeugte sich und ging in sein Abteil.

Gegen Morgen war die Küste dunkel. Hinter Lidos und Tankern ein lichtloser Raum ohne Tiefe. Ich wurde wach, als der Zug zwischen Bahnsteigen hielt. Das Schrillen der Bremsen erfaßte den ganzen Waggon. In der weißen Bahnhofsuhr stand die Zeit – länger, als zu ertragen – auf 5 Uhr 12. Da hier rangiert wurde, stieg ich aus, ging in der Menschenleere am Zug entlang, durch fahle Bilder von Stahlgewölben und Schienen. Regen pladderte laut, die Waggondächer tropften. Etwas nicht Faßbares irritierte mich, schien sich der leblosen Szene zu entziehen. Ich blieb stehen, um Einzelheiten erkennen zu können, es war eine Frau. Sie stand im Schatten neben einer Bank, von nichts umgeben und durch nichts ergänzt. Sie schien hier seit sieben Silvestern gestanden zu haben. Außer den Augen war von ihr nichts da. Lederjacke, Stiefel und Rock ohne Körper, helles Gesicht in dunkles Haar verpackt, die Hände in Taschen. Sie war allein. Aus großer Entfernung sprach ich sie an.

Warten Sie auf etwas? (Jedenfalls fragte ich, weshalb sie hier warte).

Unscharfe Blicke, knapp an mir vorbei. Sie stellte sich taub. Erwarten Sie jemand? (Oder ich fragte, ob sie erwartet werde.) Störrische Kinnbewegung, bedeutete nein.

Was tun Sie hier, verzeihen Sie – (Ich bin sicher, mich entschuldigt zu haben; ich sah: ihr war kalt, sie war sehr jung.)

Sie sagte: Ist ja gut. (Jedenfalls glaubte ich, den Satz zu hören.)

Fahren Sie nach BC? (Es kann nur diese Frage gewesen sein. Unnachgiebigkeit war die einzige Chance – warum und für wen.)

Sie zeigte kein Ja, kein Nein, sie stellte sich tot. Auf einer Bank, im Sitzen, beim Rauchen, wäre der Scheintod nicht vollkommen gewesen, sie mußte stehen. Ich ging zu ihr hin (trat vorsichtig auf sie zu) und berührte sie, als sei sie aus Glas. (Jedenfalls ging ich hin und faßte sie an, ohne Absicht, sie zu entführen, ich ging einfach hin.) Sie war so erstarrt, daß sie taumelte, ich fing sie auf, versuchte, sie zu beruhigen, hielt sie fest. Nach einer Weile brachte ich sie zum Zug. Sie stemmte sich gegen mich, dann ließ sie sich ziehen.

Ich hatte sie in mein Abteil gebracht. Sie saß auf der Bettkante, als der Zug rangierte, in den Regen gerollt, durch Hallen geschoben wurde, ich beruhigte sie, versuchte ihr etwas zu sagen. Ich sagte: der Zug werde wieder halten, dann könne sie aussteigen oder bleiben, nach Babylon-City fahren, im eigenen Abteil. Sie sah mich an, als sei ich ein Automat.

Der Monsieur erschien, Majestät aus Nirgendwo. Seine Uniform erschreckte die Frau (das Mädchen?), doch war ihm nichts Menschliches fremd, er war Herr der Lage, mit ihm war Sekt in drei Gläsern da, Tabak und Biskuit, die Behaglichkeit eines Onkels, Verbeugungen, Scherze – und ihre Hand erschien zum erstenmal, aus der Tasche gezogen, als sei sie verletzt, fest, klein, ohne Schmuck, ein ungewaschenes Wunder, erstes Lebenszeichen der Unbekannten. Ihr Dank war eine stille rauhe Silbe, von Monsieur mit Würde entgegengenommen. Der Zug hielt nochmal an derselben Stelle. Sie stieg nicht aus.

Ein Schlaf für die Unbekannte, ein Schlaf für mich. Ich lag wach am Fenster und sah hinaus – Lichter der Nacht, meine Feuerfliegen, Land- und Meerhorizonte ohne Licht, dunkle Luft voller Drähte, Signale und Namen, Zwielicht des Wintermorgens ohne Regen, und die endlosen Außenbezirke von BC. Ich regelte Trinkgeld und Papiere, klopfte an das Abteil der Unbekannten (sie nickte am Türspalt, lächelte matt), der Monsieur verabschiedete uns an der Schlafwagentür, bewährte Verbeugungen, alte Herzlichkeit (– vergessen Sie nicht

Ihren Hut – Sie hatten keinen?). Kalter, klarer Morgen und Quais im Wind, Warten im Wind an der Seite der fremden Frau, sie lief nicht fort, sie folgte mir in den Wagen, das Lenkrad war kalt, die Finger froren, und ihre Hände in den Taschen, sie saß wie eine Verwunschene neben mir, schien aber für wirklich zu halten, was sie erlebte, und lächelte fast.

3. Januar, nachts
Neujahr, und die Freuden der Gewalttätigkeit. Babylon-City, von Revolten erschüttert, von Silvesterschlachten verheert, überrannt von Horden, es sah so aus. Der erste Morgen des Jahres war menschenleer, dröhnende Feuerwehrwagen und parkende Taxis, von Schutt und Glas überschüttete Plätze, Asche, Konfetti und Papier im Wind. Rückstände nächtlicher Explosionen – Kanister, Fahrzeugteile, zerfetzte Tiere, Kinderwagen, Fahnen, Fensterscherben. Der Albapark war gesperrt, der Persische Platz überschwemmt. Ein Teil der Colombipassagen stand unter Wasser, schwärzliche Nässe plätscherte von den Treppen, die Gullis der Monza-Ufer waren verstopft. In den Borgia-Fontänen lagen Steine, daneben ein Abschleppwagen der Polizei. Vorm *Crédit de Rome* stand Miliz in blauen Haufen, ein Hotel am Lido rauchte aus allen Fenstern, ein Pissoir lag quer auf dem Warschauer Damm. Ich fuhr vorbei, ich fuhr wie immer vorbei. Ich hatte

Babylon-City verlassen, für immer aufgegeben und fast vergessen, und war zurückgekommen, allein und mit anderen, für immer, für ein paar Drehtage, für eine Nacht. Du hast fünf Chancen, sagte Boby Cervantes:

Du verläßt BC.
Du kommst nach BC zurück.
Du lebst in BC.
Du kannst überall leben, außer in BC.
Du wirst begraben: hier oder anderswo.

Ich kam immer wieder nach Babylon-City zurück, an diesem Morgen, wie immer, zum letzten Mal.

4. Januar
Ich hatte kein Hotelzimmer reserviert.

Ich will ohne Festlegung und Voraussicht sein. Ich will keine Gewißheit. Ich kann mich nicht unsichtbar machen, in Luft auflösen, aber ohne Anhaltspunkt verschollen sein. Fiele ich um, auf der Straße, in einer Bar, würde ich unwiderruflich sichtbar sein, zur Besichtigung freigegeben und obduziert, meine Papiere auseinandergenommen, die echten und die falschen –

ER KONNTE, SOLANG ER LEBTE, WAS FÜR SICH TUN. ER VERWANDELTE SICH DURCH ABWESENHEIT.

Ich bin nicht allein. Meine Begleiterin ist mir

nicht bekannt. Sie ist nicht allein, ich bin ihr nicht bekannt. Ich brauche sie nicht, ihr scheint das egal zu sein (eine Mischung aus Igeltier, Puppe und Punk). Als wir zum *Brisbane* fuhren, erklärte ich ihr, daß ich allein zum *Brisbane* fahre und im *Brisbane* wohne – nicht mit ihr. Das war ein Fehler. Ich hätte sie in eine Bar gebracht, freundlich verabschiedet, Geld auf den Tisch gelegt, doch das fiel mir nicht ein. Sie blieb wie zugehörig neben mir, jetzt ist sie im *Brisbane*, Zimmer nebenan. Sie ist keine Nutte, das beunruhigt mich. Es wird sich herausstellen, wer sie ist, es stellt sich immer heraus, wer die Dame ist, die Namenlose wird keine Ausnahme sein. Was sich herausstellt, ist ohne Belang, die Erscheinung genügt mir (sofern das Schein und Atem, nicht Hülse ist). Ich will Gestalt, nicht Ungefähr mit Seele. Ich will Profession, eine Schauspielerin on the rocks.

Keine Frau so still wie sie. Verschleierung oder Leere, ermüdet nicht. Das kann sich ändern.

Daß ich das *Brisbane* entdeckte, hat einen Grund (ich hatte nie in dem Hotel gewohnt). Als wir FINISH drehten (Herbsttage mit Viviane in den Buchten von Righ), fiel uns ein Techniker dadurch auf, daß er alles, was wir versuchten, mit *Brisbane* verglich. LIKE BRISBANE wurde zum Code der Produktion. Ein Picknick am Wasser, eine Kamerafahrt vor der Brandung, ein Schwenk vom nächtlichen Fährschiff zum Horizont – das war LIKE BRISBANE oder NOT LIKE BRISBANE. Gutes Wetter war immer LIKE BRISBANE, er muß mal in Brisbane / Queensland gewesen sein, dort Paradies auf Erden erfahren haben, ideale Arbeitsbedingung, er schwieg sich aus. Is it like Brisbane? No. Yes. Not really. May be like Brisbane. Can be better. LIKE BRISBANE stimulierte die ganze Equipe, steigerte Interesse und Selbstkritik. Kleiner dicker Likebrisbane aus Enniscorthy, Spezialist für O-Töne, zweiter Assistent, Comics lesend im Klappstuhl, so kam ich ins *Brisbane*.

5. Januar
Ich frage nach ihrem Namen, sie schüttelt den Kopf. Ich sagte ihr (ich mußte ihr erklären), daß ohne Namen nichts möglich ist, er wird gebraucht. Sagen Sie mir, wie Sie heißen, sie sagte nichts. Ich werde Sie Distel nennen, gefällt Ihnen das. Ist Ihnen das lieber als Judith oder Janine –

Sie gab keine Antwort.

Wissen Sie, was eine Distel ist.

Sie nickte.

Solange ich Ihren Namen nicht weiß, sind Sie Dis, meine Distel.

Sie sah furchtbar niedergeschlagen aus und sagte nichts. Ihr Schweigen hat etwas mit ihrem Namen zu tun, ihre ganze Geschichte.

Sie redet nicht viel, und ich weiß nicht, wovon sie

spricht. Ich könnte nicht wiedergeben, was sie sagt. Es ist gewöhnliche Sprache ohne Klischee, die Wörter sind Teil ihres Wesens, Privatbesitz, in unbegreiflich viel totes Geräusch verpackt. Sie trennt sich nicht leicht von ihren Silben, SIE SPRICHT AUS DER DUNKELSTEN HALLE IHRES TRAUMS. Nach vier Tagen weiß ich, daß Fragen sinnlos sind, und daß sie von sich aus erscheinen muß. Sie ist keine Kaspar-Hauserin, sie ist nicht beschränkt und ist nicht krank. Ich erzählte ihr von der Schnecke, die Schnecke hieß. Sie steckte in ihrem Haus und überlegte: soll ich raus, soll ich nicht raus, raus oder nicht raus, raus, nicht raus, raus – so überlegte sie den Sommer lang, dann kam der Regen, und sie rief: Jetzt soll ich raus! Sie kroch aus dem Haus und nahm es auf den Rücken.

Dis hörte die Geschichte gern. Sie sah mich an, als sei ich der Zauberer Fink, und ihr Gesicht blieb hell, eine Weile.

Sie ist keine Frau und ist kein Kind. Ein Mädchen? Was sollte das heißen. Schalentier, Unkraut, weiblicher kleiner Stein. Ich sage noch Sie, sie sagte von Anfang an Du. Sie entwaffnet mich, das macht sie schon eine Weile.

7. Januar

Dis steckt – wielange – in denselben Kleidern (ich bemerkte es nicht, sie wies mich nicht darauf hin).

Sie braucht sofort neue. Freude, Eifer, zarte Verlegenheit. Wir waren in Kaufhäusern unterwegs, Spaziergang durch Damenabteilungen und Boutiquen, regenbogenbunte Kleiderhallen, Schatzhäuser voll Wäsche und Dessous, Schuhpaläste, Tempel der Schmucksachen, Uhren und falschen Wunder. Sie schreckte zurück, betäubt von den eigenen Wünschen, gefangen im Widerstreit von Gier und Abscheu, Unschlüssigkeit, Trotz (dann sieht sie wie Anna Karina aus). Unbedingt wollte sie schwarze gemusterte Strümpfe, ich drängte ihr kleine Ohrringe auf, Lapislazuli – Tropfen in Silber gefaßt. Wir kauften, was sie zum Leben braucht, an Wintertagen und -nächten in BC, allein und mit mir – und Lederhandschuhe, pelzgefütterte Stiefel, Seidenbluse, Jeans, italienische Schuhe, einen halblangen Rock mit Wildledergürtel, Tampon und Parfüm. Wurde ein schmutziger Vogel herausgeputzt, eine wilde Unschuld gezähmt, ein Fräulein verwöhnt? Verwandlung eines Hühnchens in einen Pfau? Einkleidung eines Geschöpfs, das ich gestalte, das mir anhängen oder gehören soll – nein. Dis, die Namenlose, ist kein Geschöpf, vielleicht Geschöpf eines andern, den sie sucht (sie sucht irgendwen). Ich habe kein Geschöpf für mich gemacht, Werkzeug-Gestalt, die ich herrichte und verfärbe. Nichts könnte enttäuschender sein als dieses Geschöpf. Die Frauen meiner Filme sind Bildgestalten, verzauberte Persönlichkeiten, sagt Boby Cervantes, sie sind nicht KANINCHEN IM GESTRÜPP MEINER BIOGRAPHIE (o Viviane!). Ich sah Dis hinterm Vorhang der Umkleidebox (sie zeigte sich nackt, ganz unbefangen) und staunte, als sie zum Vorschein kam – sie trat auf mich zu, in halb geöffneter Bluse, in wunderbar sanfter Entschlossenheit, etwas zu sein, vielleicht auch zu sein für mich, nicht länger fremd, zu erreichen mit einem Kuß, mit dem Namen DU. Etwas werden wir sein.

8. Januar
Wir frühstücken im Hotel mit dem Blick auf den Lido – Fährschiffe, Strände mit Fahnen, ein Himmel voll Wind. NEIN, MEIN VOGEL, DIES IST NICHT DEIN WEG, DORT GEHT ES INS WELTALL HINAUS, DAS IST ZU WEIT.

Wo kommt die Anmut ihrer Bewegungen her (wen imitiert sie). Sie ist bescheiden. Sie scheint zu lieben, was sie ißt und trinkt. Das Tierchen, das Schnecke hieß, hat sie froh gemacht. Sie sagt: ein Apfel, willst du?, und reicht ihn mit großer Freude über den Tisch. Ein Kännchen! Sie zeigt auf das Kaffeekännchen und lacht. Kann ein Lebewesen so einfach sein, so rein oder schuldlos. Unmöglich.

Sie bemerkt die Kamera, stellt aber keine Fragen. Sie betrachtet mich selbstvergessen, mit großem Ernst, vor allem, wenn ich das Fernglas benutze. Ich gab es ihr in die Hand (es ist neu für sie). Ich brauche es, um die Sachen zu erkennen. Ich kann sie mir nah vor Augen holen, und ich kann sie sehr weit von mir entfernen. Ich kann mit dem Glas vor Augen spazierengehen, waagrecht, senkrecht, im Kreis und diagonal. Ich will die Sachen als Bilder sehen, zusammen und einzeln. Wenn du den Lido vom Fenster aus siehst, dann hast du eine Gegend am Wasser vor dir. Wenn du den Lido durch das Fernglas siehst, dann hast du ein Bild vom Lido in der Hand. Ich brauche zuerst die Sachen, danach das Bild. Ich erklärte ihr Kamera, Lichtmesser und so weiter, und sagte ihr, daß ich Filme mache, ich bin Regisseur.

Etwas erklären zu müssen, peinigt mich, muß aber sein und gehört zum Metier. Ich erkläre wenig und kann im Unrecht sein. Ihr etwas zu sagen, ist neu für mich und ist kein Erklären. Ich habe nicht das Gefühl, im Recht zu sein, ich verrate nichts, wenn ich ihr sage, was ich weiß. In ihrer HALLE weiß sie so viel wie ich und andres als ich. Sie stellt keine Fragen.

10. Januar

Ich bin durch BC gelaufen, begleitet von Dis, und habe gesehen: Big-Babylon, Steinmeer, Stadtteil-Kontinente, die Slums von *Ofir*. Das *Exit* ist abgerissen, dort sind jetzt Studios der Inter-Design. Im *Keaton* fand ich mich nicht zurecht. Es fehlen die Treppen aus Rotholz und Marmor, die Séparées und die RUSSISCHEN TAPETEN (wer weiß, was das war), und die Kupferfontäne am Eingang des Puffs *Josephina*. Die Empfangsdamen – Engel der Spieler – sind nicht mehr da. Die Pariser Straße ist unverändert – Abrißhäuser, verrammelte Läden und dunkle Pubs für Gin Tonic morgens um neun. In *Müffchens Ballhaus* sind Flüchtlinge untergebracht, Armenier und Juden. Schwarzmarkt in Hinterhöfen und toten Kirchen, die Händler sind Polen, Türken und Libanesen. Boulevard Chamson, eine glanzvolle Schneise zum Meer – Weltweg der Caponeri und ihrer Leute, Modepaläste für Dis und ihre Augen, und Reisebüros aller Länder, einschließlich Albanien. Die Große Klientel schiebt lässig durch, Pokervisagen in Gold und Seide, und Horden der Schieber, Spitzel, Eisenpriester. Scharfer, fast weißer Coelinglanz des Winters, leuchtend am Ende aller Straßen, die über den Weltrand führen nach Logodon (sagte ich Dis und fügte hinzu: siehst du die Luft voll Licht, das Licht voll Wind – sie sah mich an, als sei ich ein Automat). Unverändert ist das alte *Anex*, eckige grüne Kröte mit stumpfen Augen, meine erste Absteige in BC. Die feixenden Faune und Nymphen am Yorkpalast; das Alexanderufer mit Snacks und Gondeln; die grünen Busse, die Ampeln und die Kioske; Pinkelecken-Romantik der Stadtbahnbrücken, schwarze Güterzugschlangen am Breslauer Kreuz, eine Birke zwischen den Gleisen in Bollingen-Ost; und die Eukalyptus-Savannen des Spanischen Parks, weiße Kavaliershäuser, roter Schlamm (wie früher kündigt ein radelnder Trompeter das Schließen der Parktore an); die Albena-Insel am Nachmittag, geliebt von Viviane, knarrende Holzkarusselle ohne Musik, ein hölzernes Lama, das wir Olga nannten; das leere Millionenstadion in Bollingen-West; die Vauban-Garnisonen, die Buchten von Pe.

Dis ermüdet nicht; sie sieht alles und nichts und hat sich in das Fernglas verliebt. Im *Kreuzberg* tranken wir heiße Schokolade, im *Voulez Vous* Campari Orange. Sie entzifferte, laut lesend, die Speisekarte im Aushang des *Pitschipoi* – sie spricht Polnisch! Ich blieb oft hinter ihr, um sie vor mir zu sehen, ihre Erscheinung in Schaufenstern und auf Treppen, zwischen Leuten allein. (Sie zeigte mir einen Reiher am Lido. Ich sah die Türme des Portugiesischen Kerkers und sie die Vogelhäuschen im Park davor.)

12. oder 13. Januar

Winterlicht. Die Motive sind nackt, ohne Laub und Farben, nichts Unzugehöriges lenkt ab. Genaue Bestandsaufnahme des Vorhandenen, illusionsloses Sehen, not like Brisbane. Licht des Januar gibt mir den bösen Blick. Ich werde den Film im Winter drehen, in wesenlosem Licht, ohne Sonne und Schnee. Unsere alten Motive kann ich nicht brauchen, meine

Erinnerung nicht mehr beleben. Das Interesse an ihr und mir ist nicht mehr da, es ist zu oft und zu schmerzhaft verlorengegangen (kostet mich Überwindung, daran zu denken). Der Sinn eines Films macht mir keine Sorgen, einen Sinn wird er haben, das ist nicht die Frage; die Frage ist –

Ich hatte den Rayon noch nicht gesehen. Todesschneise, 500 Meter breit, die BC wie ein Strom ohne Brücken teilt. Barrikaden und U-Bahnsperren, keine Miliz. DIE STRAHLUNGEN HABEN AUFGEHÖRT, man kann überlegen, was das heißt. Die Meßwerte sind gefälscht, von Schadstoffbelastung keine Rede mehr. Die Anweisung lautet: BETRETEN AUF EIGENE GEFAHR. Ich hörte von unterirdischen Passagen – Kellerstraßen, Rattenlinien –, wer sie kennt, eilt von einem Weltrand zum anderen. Es gibt Trampelpfade, Depots und Höhlen – die Tatsachen des Rayon sind Dunkelziffer: die Zahl der Toten, Verletzten und Untergetauchten. Es gibt *Lotsen*, die hier Geschäfte machen, Touristenführungen städtischer Unternehmen (Busstationen rechts und links des Rayon). Der Abriß beginnt mit großer Eile, nachdem hier zwei Jahre nichts geschah. Saisonarbeiter zu Tausenden im Rayon, die Zombies der Sklavenmärkte für schwaches Geld, ohne Schutz den Strahlungen ausgesetzt. Camps der Wohnmobile und Baracken, ambulante Toiletten, Unfallstation.

Wir liefen mit Fernglas und Kamera durch den Rayon. Hier werde ich filmen – Bestände, die der Vernichtung entgangen sind, Verrott und Dreck, eine Wüste aus Staub und Ruin. Hadeslandschaft der Steine und Tümpel, Schrott, Brandmauern, Asche. Die spielenden Kinder und ihre Rufe, Vögel und Vogelschreie in leerer Luft. Unbekannte, aus Limousinen kletternd, in Häusern verschwindend. Dis vor mir auf dem Grat eines Trümmerbergs, dahinter die Skyline in Weiß, eine Fata Morgana, Glanz aus Jerusalem oder Atlantis, DAS KÖNNTE ES SEIN. Und wieder Dis, durch hallende Höfe laufend, ein Mensch allein.

Ungerührte Dis, kein Schatten erschreckt sie. Der Rayon ist normal, der Übelgeruch und der Dreck (wo kommen die brennenden Matratzen her). Der Aura des Todes muß sie sich nicht entziehen (wo hat sie gelebt). Eine kleine Gewißheit kommt vielleicht durch mich, und daß sie an meiner Suche beteiligt ist, sich fotografieren läßt und mit mir spricht, ich spreche seit Tagen nur mit ihr. Sie würde alles tun, was ich von ihr will, ich spüre eine Bereitschaft, die mich erschreckt. Sie stellt keine Fragen, weil sie keine hat. Schön oder dreckig, mitteilsam, stumm – sie lebt mit mir, wie sie ist und wie sie erscheint. Eine andere Antwort braucht sie nicht.

Sie würde gern zu mir in das Zimmer ziehen und ihr Zimmer behalten. Die Türe zwischen den Zimmern ist angelehnt. Es ist der Wunsch eines Kindes, das schlafen soll. Erzähl mir eine Geschichte, lies mir vor.

Am Nachmittag ist etwas geschehen (es passierte nichts, es ist etwas geschehen). Wir fuhren durch Außenbezirke, sie bat mich zu halten und sah durch das Fernglas ins Hinterland. Ich bemerkte dort nichts außer einzelnen Häusern, was sie sah oder suchte, erfuhr ich nicht. Was war geschehen, sie schüttelte den Kopf. Wir fuhren weiter, und sie sagte nichts. Unerreichbar wie in der ersten Nacht.

15. Januar

Seit ein paar Tagen weiß ich (seit einigen Nächten), daß ich nach ihr suchen werde, daß die Suche nach ihr ein Motiv meines Films ist –

– ich hatte vergessen, wie spät es war (während Dis auf mich wartete im Hotel) und geriet immer tiefer in die Zeit (während Dis an der Busstation zu verreisen schien), auf Lido-Promenaden, von Licht überflutet – Überlichtung des Meers und der Horizonte –, die Konturen der City von furchtbarem Flimmern zerfressen, ich war weiß in weiß nicht mehr da, ich war todweiß lebendig, nicht mehr auffindbar diesseits des Weiß in Weiß, so schien auch Dis in diesem Weiß verschollen, ins Weiß geflüchtet, vom Weiß verschlungen –

– auf den Promenaden drängten sich Leute, dort wurde ein Unfall fotografiert, ein Autobus war ins Weiß gestürzt, der Kühler ragte noch aus diesem Licht, und Teile der Toten lagen außerhalb, Köpfe und Frauenkleider –

– ich kannte keinen der Lebenden und der Toten, Dis war nicht unter ihnen, nicht unter den Toten, hochzeitlich hell und lachend im schreienden Weiß –

– ich wurde vom Lido weg in das Weiß gedrängt, durch weiß geöffnete, weiß verschlossene Türen – in ein Büro der India-Airlines, Dis schien hier gewartet zu haben, lange her, oder eine Dame in Weiß wie sie, man bat mich zu warten – ich nahm Platz im Weiß, es stellte ein Sofa dar –

– und wie lang ich dort saß in Gesellschaft von Passagieren, die nicht heller werden konnten als ich und mein Weiß – das war zu gefährlich, ansteckend auch für Dis, und ich lief auf dem Sand des Lido im weißen Smog, Fernlicht der Fähren blendete, und ich wußte, daß Erblinden möglich war, noch nie war der Lido so hell wie in dieser Nacht, hell wie die Nacht –

– im Café *Explic* saß Viviane (ich sah sie zuerst), bis zur Hüfte in Weiß wie in einem Bad, sie winkte und rief: NACH DORT MUSST DU WEITER! –

– herrlicher Sommerschnee, einzige Richtung, die der Wink ihrer weißen Handschuhe war –

17. Januar

Ich sagte ihr: Sei, wie du dich fühlst, geh, wie du immer gehst, du bist sehr schön. Deine Bewegungen könnten nicht schöner sein. In der Kamera bist du vollkommen, im Fernglas auch, du erscheinst fehlerlos, so könntest du bleiben.

Ich spielte zwei Tage lang nur mit ihr. Ich sagte: Geh auf und ab, zeig deine Schultern, laß dich sehen, bleib stehen, geh weiter; dreh dich um zu mir, die Nase etwas höher, langsam, noch langsamer, das ist schön – und nun komm auf mich zu. Sie wußte, daß sie im Zentrum der Bilder und im Innersten meiner Wünsche war. Was das bedeutet, weiß sie nicht. Nichts wäre gewonnen, wenn sie es wüßte. Ihre Freude, meinem Vorschlag zu folgen, die Bewegung zu wiederholen, den Mantel zu öffnen, und mein Vergnügen an ihr und ihrer Freude, sie ordnet die Haare und blickt mich an.

Sie ist der Entwurf einer Schauspielerin meines Films, das Double einer Gestalt, von der ich nichts weiß, die durch ihre Erscheinung zur Gewißheit wird. Und sie ist nicht mehr die Gestalt des ersten Moments, die Unbekannte, ein weibliches Fertigteil, das ich unverändert ins Bild übernehmen kann. Die Gestalt hat sich aufgelöst in Charme und Charakter, Laune und Stimme, in spontane Lebendigkeit und private Sprache, in zuviel Menschlichkeit und zuwenig Form. Unbarmherzige Folge: ich stilisiere sie zur Figur, ich reduziere und begradige sie und gestalte sie zurück in jene Erscheinung, die ich in der Silvesternacht erkannte, aus Zufall auf dem leeren Bahnsteig sah, ohne Anlaß wahrnahm; die ich erkannte.

Unmöglich, sie ist keine Schauspielerin. Nicht mein Geschöpf.

Wir aßen in einem Beisel – *Jodlburger* – in GEMÜTLICHKEIT UND WÄRME, es war ihr Tag. Das Menü kam, allein für sie, aus dem Land Lahal, sie liebte die kleinen Pilze und das Dessert. Am Vormittag waren wir auf der Großen Mole. Dis lief durch den Wind – ihr herumgeworfenes Haar –, entfernte sich an das Ende des Damms – Rückenansicht einer Unbekannten –, und kam von weit draußen in den Raum zurück, in gerader Bewegung auf die Kamera zu. Ich habe nichts Schöneres gesehen als sie – und sie ahnt es –, diese eine Gestalt und ihr Gang, dieses eine Mal, von Licht im Raum gehalten, von Wind berührt – bis ihr linkes Auge im Bildraum war, groß, morgengrau, einzeln. Es ist

17. Januar
Nacht mit Dis. Sie sagt: Du mußt mich behalten.

18. Januar
Ich rief vom Bett aus Leute an, die ich früher kannte, Dis lag neben mir. Entdeckung eines Notizbuchs, zwölf Jahre alt.

Caro Roberto – seit drei Jahren tot, die private Büronummer steht noch da; wer war Caro Roberto, Claus Roberti oder Claude Robert. Verabredung 17. April 86 im Portopini, QUASIMODO MITBRINGEN, ich erinnere mich nicht.

Jules Pelegrini – nicht mehr in BC, für mich verschollen. Ich erinnere T-Shirts und Tennisschuhe im Winter, Redensarten wie JEDE MENGE CASANOVA, NA UND? – DER MANN MIT DEM FUSS IN DER SCHLAFZIMMERTÜR, eine Nebenrolle war zuviel.

Max Fiedler – vor Jahren Unfalltod in Bari, warum in Bari (der Requisitenwagen brannte aus).

Jeanne Martinau – existiert nicht mehr, oder ist verheiratet und spielt nicht mehr.

Viviane – Paris und München, ihre Adressen immer noch unter V, immer noch auswendig.

Der Gedanke, das Notizbuch umzuschreiben, unmöglich.

Ferenczi – die Nummer wäre leicht zu erfahren, auch die Nummer von Ivonne wäre zu erfahren – HAI DATO IL MIO NOME A UN ALBERO? NON È POCO –, daß sie ihrer Pappel meinen Namen gab! Der Baum Marcel Garda, existiert er noch, oder ist er einer Rache zum Opfer gefallen – ein Baum, der Schatten wirft auf falsche Plätze, wird umgelegt.

Naila – rief ich nicht an, aus Rücksicht auf Dis, auf mich, auf alle.

Michel Saporta – KEIN ANSCHLUSS UNTER DIESER NUMMER. Seine Ticks und Marotten, der berühmte Wasserturm. Er träumte von einer Szene mit Wasserturm. Wir versuchten ihm das auszureden – es gibt keinen Wasserturm in Paris, monströses Motiv, fatale Symbolanklänge, du kannst Schloßtürme aller Epochen haben, Windmühlen mit und ohne Flügel, Aussichtstürme, Funktürme, Wolkenkratzer, Taubentürme und Silos, chinesische Pavillons in alten Parks –, nichts zu machen. Wir fanden einen Wasserturm in der Auvergne, abnorme runde Tonne auf einer Bodenerhebung, drehten die Szene, und es zeigte sich (was jeder voraussah außer ihm): der Turm war das einzige falsche Motiv des Films. MICHEL SAPORTA, DER SONNTAGSCHARAKTER DES ZEITGENÖSSISCHEN FILMS. Frage einer Reporterin an M. S.: Sie lieben die Menschen, nicht wahr, irgendwie merkt man Ihnen das an. Seine Antwort: Na, man muß sie ja nicht gleich lieben, aber man kann was mit ihnen erleben. Michel und Viviane in *Tita & Titou*, das beliebteste Gaunerpaar seit Bonnie and Clyde. Michel, der aus Eitelkeit Depressionen besiegte (Viviane war verliebt in ihn).

Hazel Murphy – unser ERDENKLÖSSCHEN UND

SCHÖPFUNGSKRÖNCHEN, UNSER ALLSEITS BEGEHRTES KLAMMERÄFFCHEN, ich rief sie nicht an. Marcel, mein Liebling, bitte keine Heiratsanträge und keine Witze, sag mir was Nettes, das ich mir merken kann –

Wer fehlt mir von denen, die gestorben sind; mir fehlt Michel Saporta und sein Satz: Überhaupt kein Zweifel, daß dein Film uns fehlt, solange er nicht gedreht worden ist. Und mir fehlt Plümell, der Clown, der ich gerne wäre. Er steht mit dem Rücken zum Publikum, dreht sich um und ruft mit verklärtem Gesicht: FARFALLA, BIN ICH DAS!? Keine Antwort. Ein weißer Vogel flattert auf seinen Hut.

Rose Armin – vergessen.

Manga Poletto, *die Tragödin aus Castrop-Rauxel* (?)

Baram Souc. Carlos Plesch, der Financier.

ZWEI JAHRE IN EINEM LAND, DESSEN SPRACHE ICH NICHT KENNE – GEORGIEN, NEPAL –, UND DU WÜRDEST MICH (unleserlich)

ICH VERLIERE NICHT GERN MEINE NACHTHEMDEN IN HOTELS (in der Schrift Vivianes).

NEIN, JOSELITO, KOMMT NICHT IN FRAGE, KEIN ROLLY-RÖLLCHEN, KEINE POLITIK (in meiner Schrift?)

WOLLEN SIE MEINE BEINE SEHEN, ARMANDE, SIE SIND SEHR SCHÖN – Michel Saporta bestand auf dem Satz. Dafür wurden Studios gebaut und Rollen gestrichen, Statisten entlassen, Produzenten verärgert –

Shalamun – ich erkundigte mich im *Old Haifa*, man hat ihn dort seit Oktober nicht gesehen, im *Explic* das gleiche. Das gleiche mit Boby Cervantes in allen Lokalen. Meine Könige tauchen unter, ich tauche auf. Was ist los in BC –

Dis legte mir die Arme um den Hals. Marcel –

Hm.

Wie viele Shalamun gibt es.

Das weiß ich nicht. Der Name ist selten.

Wie viele kennst du.

Ich weiß nicht –

Was ist mit Shalamun.

Ich weiß nicht – nichts –

20. Januar

Das trockene Winterlicht ist vorbei. Am Abend fiel Schnee. Ich habe nach Boby Cervantes gesucht – im *Old Haifa*, im *Keaton*, im *Watership* –, umsonst. (B. C. als Figur, der Erzähler seiner Geschichten, ich stelle ihn mir in der Rolle vor.) Kein Hinweis auf Shalamun. Im *Watership* ließ ich Adresse und Telefon. Shalamun wird sich melden, wenn er Schulden hat. Boby Cervantes ruft überhaupt nicht an.

Ich erlebe nicht viel mit Dis (sie verabscheut Bars), mit ihr sehr viel weniger als allein (was erlebt sie mit mir?). Mit unbekannten Frauen erfahre ich mehr. Die großen Reisen mache ich allein (wie diese Reise mit Dis, allein). Eine Geliebte als Begleiterin in BC, mit Verehrern und Spielern in einer Bar – aber in einem Nachtclub geht das nicht. Ich bin lieber allein, ohne Unterhaltung, nicht eingeschränkt durch die Ansprüche meiner Lieben, oder mit Frauen, die ich nicht kenne – Erscheinungen, Illusionen, keine Gewähr. DU UND DEIN HERZ AUS EIS, DAS KEINE KÄLTE KENNT (Viviane). Mit oder ohne Erwartung allein, in der Sphäre der Suggestionen und der Recherche, im nächtlichen Tagtraum, im Zufall, im Schlaf. Ohne Erklärung in Bildern allein, in Verblödung aufgehoben, in Hellsicht verloren – ich habe die Chance nur einmal, vor dem Film (das Ende des Films ist keine Chance), und während der Arbeit am Film zu viel zu tun.

Dis hörte mir zu, auch wenn ich nichts sagte, schweigsam, angehörig, schwarz im Schnee. Es liegt nicht an ihr.

Später

Sie liebt, was gemeinsam ist – das Frühstück, den Zimmerbalkon, einen Gang am Strand und die Zeit, die ein Morgen ist oder eine Nacht. Und sie liebt das Bett, eine ausgelegene Matratze, in ihrer Liebe kann nichts unmöglich sein. Sie ist sehr jung und hat nicht viel erlebt. Sie liebt und kann nicht atmen mit mir ohne Liebe. Sie wird geliebt, warum wäre sie sonst bei mir. Die Tage und Nächte in Babylon-City, das Hotel, der Film, die Liebe und sie und ich, das alles ist eins. Und sie liebt die Fotos, die ich von ihr mache. Es könnten zehnmal mehr Bilder sein, ein guter, glücklicher Dämon spielt mit ihr. Sie legt sie unter ihr Kissen, wenn sie schläft, sie geht damit spazieren und packt sie aus, im Park, im Café, auf der Fähre, wo immer sie sitzt, vertieft sich in ihre Erscheinung auf dem Papier und verscheucht meine Ironie, ohne aufzuschauen – das Foto bin ich, es kommt von mir! Ihr Lächeln neben mir bedeutet, daß sie ihr Bild in der Tasche fühlt.

Sie hat mir ein kleines Fotoalbum geschenkt, vielleicht als Hinweis, daß sie sich eines wünscht. Ohne beweisen zu können weiß ich, daß sie das Album gestohlen hat.

Ich habe den Film vor Augen und weiß, daß nichts fehlt.

Die Gewißheit hat sich am Morgen wiederholt, beim Frühstück mit Dis (Marcelou, du sprichst nicht mit mir, was ist los –). Ich bat sie zum erstenmal, mich allein zu lassen, sie sagte NEIN. Und ich: du hast ein Zimmer im Hotel, du hast Zeit und Geld und kannst tun, was du willst. Ohne Erklärung ging sie darauf nicht ein.

Ich erklärte (mußte ihr erklären), daß ich zu tun habe, im Hotel, allein.

Und sie: auf einmal hast du zu tun, allein.

Nach einer Weile: ist es der Film? Du liebst mich nicht.

Und ich: wir sind nicht im Winterzirkus gewesen, du könntest hingehen und mir erzählen.

Allein, keine Lust, und außerdem, es schneit –

Ein Tag lang Lebwohl ohne Steinerweichen. Trotzige Nase, unbestimmte Blicke, sie kam nochmal zu mir im offenen Mantel. Untröstliche Dis.

22. Januar

Mütze und Mantel naß von getautem Schnee, betropfte Winterstiefel und kalte Hand (da, fühl mal, meine Finger), ich nahm sie zwischen die Hände und rieb sie warm. Wo warst du – ich? überall. Sie ist übern Boulevard Chamson getrabt – getrabt? – geflogen! –, hat heiße Schokolade im *Gellhorn* getrunken, eine Zeitung gekauft für mich (weil du nicht rauskommst den ganzen Tag, du mußt ja was tun), und der Schnee und die Schneebälle gegen Schaufensterscheiben, und die Schneebälle, die man ihr nachwarf im weißen Park, Blitzkomplimente für eine Dame in Schwarz, ein Kinderchor von Verehrern hinter ihr her. Und der Winterzirkus im Albapark, ja, sie war drin, in der Kindervorstellung nachmittags um drei (KINDERVORSTELLUNG, ohne Humor betont) – eine Nummer mit Esel und wieviel er trägt, ein Hund, der durch Reifen springt, aber oft vorbei, dann dreimal WINTERFUTTER FÜR DIE TIERE – Lotterie mit bunten Röllchen im Eimer, Versteigerung von gemalten Bildern, und zuletzt Pachou, der Clown, mit der Sammelbüchse, überhaupt ist Pachou das Schönste im ganzen Programm. Pachou fängt Fliegen in seinem Zimmer. Er steckt sie in eine Flasche, jede einzeln, *damit er sie draußen fliegen läßt*. Doch die Fliegen wollen nicht aus der Flasche raus. Er klopft an die Flasche, er lockt und winkt, umsonst. Soll er die Flasche zerschlagen – o nein! Pachou ist weise, Pachou ist gut. Er verkorkt die Flasche und steckt sie in seinen Sack.

Dis legte mir den Arm um die Schulter. Und was machst du?

Ende Januar

Nachtcafé, Boulevard Chamson, Schnee flog durch die Ringlöcher der Markise. Ich versuchte ihr zuzusprechen, sie aufzuheitern, sie blickte an mir vorbei in den Schnee, von Enttäuschung so elend, daß sie sang, tonlos, leise, und mit dem Stiefel wippte. Meine Hand auf den kalten Fingern, war ihr egal.

Schöne Tage in der Überzeugung, daß ein Film mit ihr gedreht worden war und weiter zustande kam, allein mit ihr. Das kannst du doch nur mit mir – und sie sah mich an, so bedingungslos, daß eine Antwort nicht möglich war. Ich mußte ihr sagen, daß das nicht der Fall war. Was wir gemacht haben, war ein Versuch, es war unser Vergnügen.

Sonst nichts?

Ich küßte das Haar an ihrer Schläfe.

Ohne dich hätte ich andre Bilder gesehen, not like Brisbane. Aber du bist keine Schauspielerin.

Du hast mir gesagt, ich bin schön, du bist ganz begeistert gewesen.

Sie weinte nicht. Ich will, daß du mich behältst.

Es war Mitternacht, als wir gingen, im Schnee auf dem Boulevard Chamson, Schneeflocken im Gesicht, auf Schultern und Kragen, ich hielt sie im Arm, sie hielt meinen Ärmel fest. Die Zeit schien auseinandergefallen, die gemeinsamen Augenblicke zerstoben, unaufhaltsam, einzeln alle. Sie schlief bei mir, so gleichgültig oder abhanden, daß eine Berührung nicht möglich war.

Zwei Tage später

In ihrem Zimmer lag ein Stück Papier: HALLO MARCELOU, ICH MUSS WEG. DIS.

27. Januar

Sie steht in der U-Bahn, wie ich sie fand, mit zwei Plastiktüten und einer Tasche. Das ist unmöglich.

Brisbane, like Brisbane, not like Brisbane – ich habe den Stoff erlebt, muß ihn nicht machen. Seltsam, danach die Hotelrechnung zu bezahlen.

– Plateau in den Bergen, bei sinkendem Taglicht, in tiefem Schnee; ein schwerer schwarzer Ford auf verschneiter Piste, vor hohem Himmel, weiten Horizonten – kein Mensch, keine Schneepflüge, wenig Verkehr, die Wetterseiten der Eichen mit Schnee bestäubt – nördliche Landschaft, wie ich es erlebte (Winterreise in den Vogesen, Viviane mit Sonnenbrille neben mir) –

– der Wagen nähert sich in einer Kurve, der Mann nimmt die Brille ab, es ist Chatou –

– beginnende Dämmerung, Scheinwerferlicht auf unberührten Flächen, Motorgeräusche und Rufe von Vögeln – welchen – oder langsames Fahren ohne Geräusch; ein Bahnübergang mit geöffneter Schranke, Erscheinung der Bahnstation mit vereinzelten Lichtern, und die lange Reihe leerer Waggons; Halt des Wagens vor verschneiter Rampe, Blick durch erhellte Fenster in ein Büro (beschlagene Scheiben, undeutliche Formen), kurze Unterhaltung und plötzliche Eile, Beamte mit Blendlaternen, Rufe, Schritte, und Fahrt des Wagens durch die Waggons nach vorn (Schneeluft, klare oder schwache Geräusche) –

– dunkle Schlafwagenreihe, Chatou mit Koffer, Abteil erster Klasse, dezent beleuchtet; der Zugbegleiter tritt auf, pompös-jovial, eine Fertigfigur, die jeder zu kennen glaubt; Chatou und der Zugbegleiter vis-à-vis, Chatou erscheint jetzt als Hauptmotiv der Sequenzen, alterslos, skeptisch, ein Spieler, der nichts von sich hermacht, sich selbst nichts vorspielt, keine Seele von sich überzeugen will – im Gegensatz zu MONSIEUR, der mit Charme versucht, den einzigen Reisenden für sich zu gewinnen, Chatou spricht wenig –

– Außenaufnahme des fahrenden Zugs im Dunkel, ein Waggon ist erleuchtet, in ihm Chatou (Orientexpress, Spionage der neige d'antan) –

– lichtlose Landschaft ohne Inhalt, Panoramen der Nacht ohne Mittelgrund, Spiegelung von Licht in Glas und Wasser (Licht venezianischer Kanäle im Winter), Brücken und Orte in der Provinz, menschenleere Bahnhöfe, schnell durchfahren, vereinzelter Feuerschein, trübe im Regen –

– und Feuerzauber über dem Meer – in der Totale erscheint das Meer, circensische Lichtexplosionen über der Küste, die Chatou mit Gleichmut zu betrachten scheint, Einsturz der Nacht und des Luftraums, sprühend, tosend, Städte und Namen durcheinanderflimmernd – Inseln, Fähren, Glaspaläste – VON UNSICHTBARER GEWALT IN DIE FLAMMEN GEWORFEN – UNSRE GUTE ALTE APOKALYPTIC (Chatou), er schließt das Fenster, geblendet von Bildern –

– Bildern, vom Affen zerfetzt und zusammengekleistert – Gestalten im Gänsemarsch auf einer Düne – Sommerwolken, Sonne, Sonnenschirme – Männergelächter und hochgekrempelte Hosen, Frauen nackt in Hüten und wehenden Schleiern, heitere Rufe, Musik in der Luft – Rock'n'Roll und Tango – ein Esel trägt Körbe voll fröhlicher Kinder – in weißen Gondeln fliegt eine Hochzeit vorüber –

– unbekannte Stimmen, die Stimme Vivianes: ich verliere nicht gern meine Nachthemden in Hotels – verständlich, Madame – Chatou, du verachtest mich, und mein Bauch? – schönes Polster, warum sagst du das, und die Brüste? – denk an meine Hände, erinnere dich, was ich dir sagte – vor sieben Jahren? – wir konnten das Spiel nur verlieren, gemeinsam und einzeln – das sagst du, Chatou! – *Que chaque chose, qui m'arrive est digne d'être vécue* – es verklingt das fast unerträgliche Lachen Vivianes –

– das Licht in den Bildern vermittelt unendliche Zeit, ein Guthaben Zeit, das nicht verbraucht werden kann, nicht von Szenen des Films, nicht von Chatou (der mit offenen Augen zu schlafen scheint); der Monsieur betritt das Abteil, Blick auf die Armbanduhren, Sekt in Gläsern – erst jetzt wird deutlich: es handelt sich um eine Silvesternacht –

– Nacht im Abteil, Chatou wird wach, Einfahrt des Zuges in eine Station, durchdringend fahle Helle auf leeren Quais; er sieht – er erblickt – eine Frau neben einer Bank, ohne Koffer, allein, hart eingeschlossen in Kälte, die ihn berührt; er spricht die Frau aus großer Entfernung an; Dialog Chatous mit dem Schweigen der Frau (wie ich es erlebte), ihre Abwehr zeigt, daß sie keine Nutte ist; er bringt die Unbekannte in sein Abteil; der Monsieur erscheint mit Schnaps, Biskuit und so weiter; Distance der Unbekannten, sie trinkt und schweigt; Chatou bleibt allein im Abteil zurück –

– langsame Einfahrt des Zuges in Babylon-City, durch Vorstädte, Abfallwüsten und Industrie, Chatou steht am Fenster – klares Licht auf der Küste und schimmernde Skyline – Stadt der Städte, Ort der Verdammnis, Ort von Geistern, die die Seele fressen, Heimstatt des Alles, des Nichts und des abermals Nichts, Ort der Zurückweisung alles Guten und Schönen, und alles in allem ein haltbarer Limbo für ihn – Chatou drückt das aus durch Wiedererkennen, zweifelnde Blicke –

– im Ford mit der Unbekannten, es ist Viviane; Fahrt durch BC, die Straßen sind menschenleer, Schauplätze unerhörter Entfesselung, Abfall der Feuerwerke, Konfetti im Wind (wie wir das erlebten, Dis und ich); *Brisbane-*

Palace, es ist das Hotel von Chatou, man erkennt ihn und grüßt die Person in seiner Begleitung; komfortable Räume mit Verbindungstür, Balkon über Dachlabyrinthen und Blick aufs Meer; verstaubte Gardinen, schwere Möbel, es ist ein unpassendes Haus; Viviane (sie erscheint jetzt als Hauptmotiv der Sequenzen) und Chatou in Sesseln gegenüber, amüsierte Blicke, kühl, ohne Anzüglichkeit –

– er bittet um ihren Namen, sie schüttelt den Kopf (er hat seinen Namen im Zug genannt); ohne Namen ist nichts möglich, das wissen Sie doch, sie antwortet nicht; ich werde Sie Motte nennen, gefällt Ihnen das? Ist Ihnen das lieber als Mary oder Marie? Sie raucht, in den Sessel zurückgelehnt; wissen Sie, was eine Motte ist? Viviane bejaht; solange ich Ihren Namen nicht weiß, sind Sie Mo, meine Motte; Viviane betrachtet ihn aus tiefer Entfernung; wo kommt sie her, in Sommerkleidern, ohne Gepäck; sie sagt, daß das keine Rolle spielt; Sie wollten doch nach BC, jetzt sind Sie da; sie deutet an, daß sie sich umsehen will – ja, nach etwas Bestimmten oder auch nicht; er nickt, als wisse er, wovon sie spricht; ihm fällt auf, daß sie keine Fragen stellt (sie stellt auch weiter keine Fragen) –

– wie ich es mit Dis erlebte, und sie mit mir: Viviane braucht Winterkleider, Schuhe und Schmuck; Viviane und Chatou in Kaufhäusern,

Shops und Boutiquen (Boulevard Chamson); Viviane ist erfreut, auch berührt, bleibt aber fern; Chatou beobachtet sie beim Wechseln der Kleider – Verwandlung der Unbekannten in eine Gestalt; sie tritt ihm aus einer Kabine gelassen entgegen, und er erkennt sie – ETWAS WIE MOTTE TRIFFT AUF SIE ZU – ihre Schönheit wird sichtbar zum erstenmal, nachtgraue Augen, schwarzes Haar, eine Dame in Weiß, (– von einer Hochzeit zurückgeblieben, Spionin der Totenwelt, Braut des Pluto –); Chatou sieht Viviane in zu schönen pomadigen Bildern, das Vieldeutige ihrer Verwandlung, betört und erschrocken; sie lächelt zu ihm hinüber, sie sprechen per SIE –

– Tage und Nächte in BC, in Restaurants und Basaren, in Parks, am Meer; das Licht in den Bildern vermittelt unendliche Zeit, ein Guthaben Zeit, das nicht verbraucht werden kann, nicht in Szenen des Films und nicht von Viviane (die mit offenen Augen zu schlafwandeln scheint); sie schlafen getrennt, bei angelehnter Tür; Chatou blickt auf die Tür und schüttelt den Kopf – Distance dieser Art hat er nie erlebt; ihn irritiert das immer gleiche Gesicht; er möchte die Fremde, die Motte, lebendig sehen – IHR HERZ AUS EIS, DAS KEINE KÄLTE KENNT –

– Chatou, der Spieler, improvisiert für sie (er könnte Artist gewesen sein) Pantomime und Slapstick mit ausdruckslosem Gesicht (er parodiert das Gesicht Vivianes), verwikkelt sie in eigenmächtige Tangos, balanciert, was er findet, auf dem Kopf – Kerzen, Gläser, Nachttischbibel – und präsentiert der Entrückten ein Chanson –

– es kommt vor, man möchte lieben / irgendeine, wer sie sei. / O der Leichtsinn hat Erfahrung / und kommt wieder nachts im Mai.// Ohne Kind ist nichts geboren / kein Kythera geht zugrund / und man hat betörte Ohren / und charmantes Zeug im Mund.// Gegenseitig ohne Sorgen / und kein Kummer ist passiert / wenn die Wollust gegen Morgen / ihre Dringlichkeit verliert.// Da verläßt man die Affäre / und ist leicht aus der Gefahr / weil der Seufzer ein Vergnügen / und die Dame lustig war –

– Viviane bleibt die immer gleiche, verhalten, fast heiter (sie scheint an die Scherze zu glauben, die er produziert), und zeigt ihre Sympathie, zurückhaltend, heiter; Chatou gibt auf, nachdem er erkennt, wie verfehlt sein Auftritt vor der Fremden war; er lädt Viviane zum Essen ein; o ich bitte Sie, Chatou, das war doch ganz reizend – Sie müssen doch meinetwegen diese komischen Sachen nicht –

– und Chatou: ich werfe Katzen zum Fenster raus, das ist mein Leben; ich suche nichts und ein Haus in der Hölle, und werde es finden, aber Sie –

– Chatou, von Viviane begleitet, sucht seine Leute (Hasardeure, Sponsoren, Dunkelmänner); sie geraten in Hinterzimmer, Bürohäuser, Villen, in Studios am Albapark und Appartments am Lido, in Hinterhoftreppen und Stockwerke ohne Licht (Raumlabyrinthe voll Stille, Geflüster, Musik), und begegnen Leuten, die Chatou nicht kennt; Viviane hört zu, beobachtet und bleibt stumm; sie scheint sich selbst und Chatou vergessen zu haben (der Viviane mit Seitenblicken im Auge behält) –

– Defilee der Lebenden und der Toten, es ist die Nachtschattenherrschaft von Babylon-City – Zuhälter, Schieber, Cognacgespenster, Spieler, Pudermasken, Peep & Puppchen, Wahrheits-Apostel mit Schlägern, Eisenpriester – und Plümell, eines Nachts, im *Toujours La Nuit*; Chatou sagt Viviane, daß hier sein Eden sei; Foxtrott, Tusch, der Vorhang reißt auf – Plümell steht mit dem Rücken zum Publikum, dreht sich um und ruft mit verklärtem Gesicht: *Farfalla*, bin ich das!? Totenstille. Ein weißer Vogel flattert auf seinen Hut –

– und Jean-hau-ab, eines Morgens im *Chandolin*, er winkt im Spiegel hinter der Bar; Chatou stellt vor: meine Freundin Mo, Jean hält sie für seine Geliebte, sie scheint amüsiert; Chatou: Mo sucht ihren Bräutigam, ich suche ein Haus, und was suchst du; nichts und niemand, Chatou, oder immer dieselben, in der restlosen Gegenwart von Tod und Leben – nimm das nicht so ernst; sie verschwinden spurlos oder tauchen unter, erscheinen auf der Party und drehen sich um oder tauchen bei Capobiancos Beerdigung auf; ich höre noch ihre Namen und daß sie leben, in der Wüste nebenan, im vorletzten Loch, in nicht nachvollziehbaren Jobs, unter anderen Namen, und es spielt keine Rolle, daß sie verschwunden sind; Jean-hau-ab, Viviane und Chatou verschwinden im Spiegel, die Beleuchtung erlischt –

– nachdem eine Tischlampe im Hotelzimmer anging: Viviane und Chatou stehen sich gegenüber, er legt die Fingerspitzen an ihr Gesicht – werden Sie finden, was Sie suchen, Mo, ich will Sie nicht fragen; warum denn nicht, Sie können doch fragen, fragen Sie! Nicht nötig, wir haben uns kennengelernt, pas vrai, wir sind Freunde – Komplizen? Viviane überlegt, er zieht seine Hand zurück; Viviane auf dem Rand eines Sessels: ich möchte mich umsehen, vielleicht drei, vier Tage – sind Sie dann noch hier? Er verspricht, die Hotelzimmer zu behalten (er ist nicht erstaunt); sie wünscht gute Nacht, die Tür bleibt angelehnt –

– Viviane allein in den Straßen von BC, Schnee in der Luft, Beginn eines frostigen Tags; sie wird wahrgenommen, man dreht sich nach ihr um (sie wird vor allem von Frauen bemerkt); sie bewegt sich gleichförmig, leicht, eine Dame in Weiß, als wüßte der Körper, wohin die Erscheinung will – FRIEREND IM BRAUTSCHLEIER UNTER DEM MANTEL (Chatou) –

– sie entdeckt den Winterzirkus im Albapark, teilt einen Vorhang und steht im Zelt; ein Motorradsextett probt Saltos in der Arena, eine schwarze Maschinen-Dompteuse schießt zwischen die Räder; der Clown ist ein Roboter in Pantoffeln, Papierblume auf dem Kopf, bemalt mit Faltern; er bricht, getroffen, auseinander, ein Affe springt aus den Trümmern auf ein Motorrad – Viviane läuft durch Staub und Lärm ins Freie, und langsamer durch den Park zum Großen Rondell –

– an der Ecke Rondell / Chamson: ein Sklavenmarkt, Hunderte Arbeitsloser verschiedener Herkunft – Afrikaner, Araber, Vietnamesen – an den Rändern der Trottoire zusammengedrängt, wartend auf Arbeitgeber und ihre Wagen, rufend, drohend, abweisend stumm; Viviane bleibt stehen, blickt hinüber und geht bald fort (sie scheint nicht entdeckt zu haben, was sie sucht), den Warschauer Damm hinauf an den Rand des *Rayon*; sie ist überrascht, ihr Gang unterbrochen, sie sieht den Sperrbezirk zum ersten Mal –

– Verbotsschilder, Barrikaden, Stacheldraht; Jeeps und Gefängniswagen der Polizei, dahinter der menschenleere Bezirk, verrottete Straßenzüge und Qualm im Wind; Aufmarsch von Polizisten, mit Waffen und Knüppeln, Viviane wird in eine Nebenstraße gedrängt, zusammen mit einer Gruppe deutscher Touristen, die wissen wollen, was hier passiert; Lautsprecherstimmen aus fahrenden Jeeps und ihr Echo: ACHTUNG! ACHTUNG! – AN ALLE VERKEHRSTEILNEHMER – HIER SPRICHT DIE POLIZEI – AUTOFAHRER ZUR SEITE UND STEHENBLEIBEN – FUSSGÄNGER ZUR SEITE, ZUR SEITE – WARSCHAUER DAMM WIRD GERÄUMT, GERÄUMT – WIR WIEDERHOLEN –

– Ausbruch von Getöse am Warschauer Damm, verstörte Menschenmassen, Sirenen, Schüsse; Viviane, im Spalier zusammengedrängter Passanten, wird Zeugin einer Menschenjagd; Tausende werden in den *Rayon* getrieben, Fremde, Farbige, Arbeitslose, rennende Männer, verfolgt von Maschinenpistolen – Angst, Wut und Entsetzen –, überrannt, zertrampelt, von Schlagstöcken weitergetrieben, Tote und Schreiende auf dem Asphalt, die Jagd verliert sich im Innern des *Rayon*; Viviane hört Stimmen, dreht sich nach ihnen um: – da sind aber Leute dabei, die nicht reingehören – da gehört keiner rein, meine Kleine – da gehört jede Menge Idioten rein – da kommt keiner raus – die bleiben drin, bis nichts mehr geht –

– und Lautsprecherstimmen aus parkenden Jeeps und ihr

Echo – AN ALLE VERKEHRSTEILNEHMER – HIER SPRICHT DIE POLIZEI – ALLES WEITERFAHREN, WEITERFAHREN – GEHEN SIE WEITER – WIR WIEDERHOLEN – die Menge verläuft sich, der Warschauer Damm wird frei; im Gegenlicht fahren Bulldozer auf; der *Rayon* wird von Arbeitern dichtgemacht –

– Viviane auf dem Warschauer Damm, im Strom der Passanten, als wüßte der Körper, wohin die Erscheinung will, irrt durch Basare, suchend, horchend, verschwindet in Häusern, bleibt im Zwielicht stehen; Tage und Nächte sind vergangen, im Licht der Küste verliert sich die Zeit, ein Guthaben Zeit, das nicht verbraucht werden kann, nicht in Babylon-City und nicht von Viviane; die Skyline verwandelt sich in Mauern aus Weiß, die Boulevards erlöschen, das Meer verdampft –

– Viviane, weiß in weiß, wird weniger und wird nichts –

– Chatou, am Balkonfenster seines Zimmers, telefoniert mit Stimmen, die nicht zu hören sind – nein, hier nicht aufgetaucht – ja, seit fünf Tagen – nein, keine Vermutung – in Luft aufgelöst? – ja seltsam, sehr schade; aus anderen Gesprächen geht hervor, daß Chatou ein Haus gefunden hat – ja, eine Villa, heruntergekommen, macht nichts – was ich vorhabe? – raten Sie, Shalamun, Sie werden lachen – ein Theater für Plümell, ein Bordell, ein Casino – Schatzkasten fürs Private, das raten Sie nie –

– er verläßt BC auf der Küstenstraße nach Norden; der Tag wird dunkel, er schaltet die Scheinwerfer ein; die Skyline verblaßt, in den Häfen sprüht Feuer, das Meer verlöscht; vor einem Hotel an der Küste macht er halt; als er aussteigen will, erblickt er Viviane (oder eine Gestalt, die ihr ähnlich ist) in der Nähe der Zufahrt, ohne Gepäck, allein; er sieht: ein Unbekannter spricht sie an (ein Mensch, der Chatou nicht ähnlich ist) und führt die Zögernde in das Hotel; ihre Abwehr zeigt, daß sie keine Nutte ist; im dunklen Wagen Chatou, er fährt schnell weg –

Boby Cervantes

Mach die Augen zu, was du siehst, gehört dir. Alles geht weiter, mit dir oder ohne dich.

Deine Stelle ist leer, das merkt kein Mensch, kein Reiher in der Luft, kein Stein auf dem Boden. Du fehlst, und nur du bist es, der das weiß, du, der das bedauert, du, den das mit kalter Genugtuung erfüllt. Du siehst BC an einem Frühlingstag, das Meer, die Strände, die Straßen, mit einem Blick – die Luft, der Himmel, die Leere sind auch darin. Du denkst deine Abwesenheit, du siehst sie nicht. Du siehst die Stadt, die dein Ort ist und keine andre, du siehst nicht, was vor dir war und was nach dir sein wird, Zeit, Staub und Schlacke. Die Zeit sorgt für sich selbst, die Leere auch. Jedes Lebewesen sorgt für sich selbst, und auch du hast dir diese Sorge zu eigen gemacht. Du bist nicht da. Wann warst du geboren, wie alt gestorben. Du hast dir ein Bild gemacht von Sachen und Menschen, lebendigen und toten, nicht von allen. Du hast dir ein Bild von dir selbst gemacht, doch die eigene Erscheinung ist dir fremd, die kennst du weniger als das Tier und den Weltraum. Wie heißt du, wo gehört dein Name hin. Deine Kleidung sah dir ähnlich, die Farbe deines Haars gehörte dir, dein Auge war leer von Tod und

Nichts und lebendig von Sachen, die du erkanntest, alles andre war Zufall. Du warst ein Lebewesen in eigener Haut, seltsam wie alle, das ist vorbei.

An diesem Apriltag siehst du BC ohne dich. Die Borgia-Fontänen lärmen in der Wärme, Rauschgold-Geräusche in der matten Luft, die Sonne ist ein stumpfer Kern im Rauch, entfernt, ohne Leuchten. Du siehst jetzt Menschen, lebende oder tote, sie sind in BC unterwegs, in derselben Sekunde, nicht vergleichbare Erscheinungen, ähnliche Wesen, was ihnen gleicht, ist ihr Vorhandensein. Sie sind geboren und sind da, bewegen sich nach unbekannten Gesetzen und wurden noch nicht aus der Welt entfernt. Einige kanntest du, als du sichtbar warst, ein paar andere kommen dir seltsam vor, nie im Licht gesehen, nie im Traum erkannt, scheinlebendige Schatten, unfaßbare Leiber, ihr Stoff hat keine Bedeutung, die wird nicht gebraucht. Ein Gott kommt nicht vor, kein Engel erscheint, der Tag wurde nicht im Paradies gemacht, er wurde von der Unterwelt nicht verworfen, er ist in BC und wird gelebt.

Dich erfreut das Dunkel in den geschlossenen Augen, es belebt sich mit Bildern, die Babylon-City gleichen. Du erinnerst Straßenzüge, Hotels und Fähren, die hast du unzählige Male in Anspruch genommen, du hast sie bewohnt, verbraucht und sich selbst überlassen. Du entsinnst dich ihrer Plätze und findest sie wieder, dein Gedächtnis hielt Licht und Farbe fest – doch etwas fehlt, es hat sich etwas verändert, die Farben lösen sich auf, und die Namen verfliegen, der Donner in U-Bahn-Schächten tönt nicht mehr, der Reiher schreit falsch, die Gebäude taumeln, der Südwind bringt Schnee. Die Entfernungen sind aus der Materie verschwunden, der Lido entgleitet dir zwischen Meer und Luftmeer. Du denkst – du hörst nicht – das Flutgeräusch an den Molen, dein Kopf ohne Augen erfindet den Boulevard – Boulevard Chamson, Avenue Terstego, Triester Rondell –, tauscht Stadtteile aus, versetzt Fassaden, verwechselt Licht und Farbe der Jahreszeiten und wirft durcheinander, was sich im Raum bewegt: Menschenmassen der Festspiele und Revolten, Schwärme der Fahrzeuge, Vögel und Touristen, Sirenen und Glocken ohne Widerhall. Vom Ende der Naumann-Passage, aus Glas und Schatten, kommt eine Gestalt in deine Dunkelheit. Wer soll das sein, ein Mann oder eine Frau – ein Feind, eine Feindin –, ein unbekannter Erlöser, ein Mörder zuviel. Sucht dich der Golem, soll dir Astarte erscheinen, trittst du dir selbst entgegen als Phantom. Der Bauchladen-Händler Zimt, der betrunkene Plümell, ein Poliziant, ein Falladapferdchen aus Holz. Ein ambulantes Aquarium grün und gläsern, du erkennst Delphine im schaukelnden Wasser, es wird von Kindern durch die Passage gezogen, du horchst auf schnelle Schritte in kleinen Schuhen. Das bewegt sich im Zwielicht, solang der Gedanke zweifelt, du hast noch Zeit, dich überraschen zu lassen, den Traum mit Belustigung oder Entsetzen zu füllen, es ist die Galgenfrist deiner Zauberei. Dein Gedächtnis ist alt und seltsam, älter als du, in ihm wiederkäut die Zeit ihr Futter, wiederkäut die Zeit dein Hirn und verschlingt sich selbst. Deine Blindheit ist neu und kennt sich nicht aus. Dein Unsichtbarsein greift nicht auf Erfahrung zurück.

Aus dem Hintergrund der Passage kommt eine Frau, ohne Laut und Schatten, eine Gestalt allein – was hast du erwartet, kein Lebewesen enttäuscht dich. Die Erscheinung, von dir erfunden, nimmt dich wahr, sie kommt, dich anzusprechen und zu umarmen. Sie kennt ihre Herkunft nicht und nicht deinen Namen, sie hat sich selbst in deinem Blick erkannt. Sie will dich durch die Passage ins Licht begleiten und will dich töten. Sie kommt auf dich zu und geht vorbei.

Die Frau ging langsam an dir vorbei, du unter den Toten wurdest nicht bemerkt. Du warst ohne Grund erleichtert und warst enttäuscht, du hattest die lautlose Fremde nie gesehen, du hattest sie weder geträumt noch vorausbestellt und hattest keinen Namen für sie. Was konntest du tun in dem körperlosen Bereich. Die Verwandlungen deines Daseins fielen aus, Chamäleonfarbe und Maske im sichtbaren Raum. Du folgtest ihr aus der Passage ins Licht, du hinter ihr her wie der Armenhund hinter dem Schlachter, und hattest viel Zeit, sie anzuschauen. Dein Kopf umkreiste sie mit den Augen der Toten, interesselos oder gefräßig, sie war dein unfaßbares Opfer. Sie war dein Geschöpf, das nach deinem Willen herumlief, dein Cicerone, der in die Irre führt. Du warst allein durch sie mit dem Tag verbunden, sie unter allen verkörperte Duft und Licht.

Eine Frau ist ähnlich, immer und überall. Liebtest du sie. Sie ging vor dir auf dem Boulevard, du lerntest ihre Erscheinung kennen, leichte Schritte einer Unbekannten, Schneeduft im Mantel, gleichmütige Blicke, der Körper bewegte sich lässig, die Hand war weiß. Rotes Wolltuch um Kopf und Schulter, Rock und Stiefel schwarz, mit Pelz besetzt, hochgeschlossene Bluse aus grauer Seide, ein Knöpfchen war grün. Die Gestalt sah verführerisch, fast kostbar aus, ihr Gesicht dagegen flach, es erschien dir roh, ernüchternd in der Sekunde, bevor sie sprach. Du folgtest ihr zu einem Kiosk, sie kaufte Zigaretten und ein Journal, du hörtest italienischen Akzent, unbetont, Belcanto, warm und hell.

Sie hatte viel Zeit an diesem Morgen, an diesem und jedem Morgen, in jeder Nacht. Sie schien über Zeit zu verfügen wie ein Tier. Sie war dein Geschöpf, dein Spielzeug, was war sie noch. Wessen Geliebte oder Nutte war sie, ausgehalten von wem, an welchem Ort. Wie sah ihre Wohnung aus, ihr

Bett, ihr Bad, und ihre Kleider in wie vielen Schränken, wie viele Schuhe auf Teppichen oder Fliesen, in wie vielen Spiegeln prüfte sie Schmuck und Haar. Wie sah das weiße Gesicht in der Dämmerung aus, wie fühlte sich ihre Haut an, wenn sie schlief, nackt unter Laken, im halbgeöffneten Kleid. Dein Geschöpf gab nichts von sich preis. Sie ging durch die Alten Geländer zum Wasser hinunter, auf verwahrlosten Treppen, feucht von Urin und Dreck, durch Weinhallen und Basare des syrischen Viertels, an verrammelten Läden und Synagogen vorbei, und schien nicht darauf zu achten, wohin sie trat, schien keine tote Ratte bemerkt zu haben, ihre glänzenden Stiefel blieben blank. Du erkanntest sie, gespiegelt in Schaufensterscheiben, zurückgeblendet aus schwarzem Glas, und wußtest, sie könnte vor deinen Augen verschwinden, Gestalt einer hungrigen Katze, nicht mehr da. Du bliebst dicht neben ihr, und nichts war verloren, solange sie fremd, doch vor Augen und dein Geschöpf war.

Es gibt kein Datum, das ihre Erscheinung festhält, keinen Geist, der sich ihrer bemächtigt oder entledigt, keinen Zufall, der sie begehrt, keinen Namen für sie. Jeder Zufall kann auf sie warten, und jeder Tod, jede Art des Verschwindens ist von Vorteil für sie, jede Art, wieder aufzutauchen und sichtbar zu sein. Spielt sie, was spielt sie für dich, sich selbst und den Morgen, in welcher Rolle entzieht sich dein

Geschöpf. Sie betritt ein Modegeschäft am Warschauer Damm – verschwindet im Lift eines Ärztehauses – kommt aus dem Sommerzirkus nicht zurück. Dein wartender Kopf bleibt blind, die Dunkelheit schmerzt nicht. Was wurde erzählt. *Ho parlato a una capra*. Alles geht weiter, mit ihr oder ohne sie.

Ich erzähle Geschichten, das ist mein Job. An den Abenden bin ich in Babylon-City (kein Mensch weiß, wo ich schlafe, das ist mein Vergnügen), die Nachtessen sind vorbei, die Kinos geschlossen, und die Mitternacht frei für MON VIEUX COUHOU (wie Plümell, der Komiker, meine Person umschreibt). Ich bin der feste Freund verschiedener Lokale, UNSER GROSSER, ALLSEITS BELIEBTER GAST, der kleine und große Maulheld, der Baladin. Ich bin der Solist, der Playboy, das Kneipenmöbel – such dir was aus –, und wurde mal aus Versehen CHÊRMAITRE genannt. Ich bin der WIE HEISST ER NOCH, genannt B. C., die Filiale eines Poeten mit Umgangsform, der die Weisheit nicht mit großen Löffeln frißt. Ich bin der Phantast und war auch schon mal der Jude, ich bin der Esel, der Geschichten scheißt – Bezeichnungen, die ich hinter mir hörte –, Rattenfänger, Fliegenfänger, Dandy, und unentbehrlich für manchen wie Luft und Salz. Es gibt Charaktere, die brauchen meine Geschichten, und was ich erzähle, ist ihr täglich Brot (man zieht mich als UMSATZSTEIGERND in Betracht). Wer immer ich bin und was ich sage – ich bin schon fast lokale Attraktion, von Kabarett und Striptease abgesehen. Ich liebe den Vorbehalt, die Silbe FAST, ich brauche sie zwischen mir und der Attraktion. Du kennst mich nicht, das macht nichts, du kannst mich begleiten (und meine Geschichten sammeln, wenn du willst). Du findest mich, wo ich etwas erzähle, außerhalb meiner Geschichten bin ich nicht da. Ich bin oft im *American Bräu* und gern im *Da Rudi*, und jeden Monat zweimal im *Scuro Oscuro* – Privatsache, fester Termin, ein Mund zwei Ohren –, und im *Laubacher* habe ich einen festen Tisch. Ob ich erwartet werde oder nicht, ob ich verhaftet oder verschollen bin, ob man mich totsagt oder nicht vermißt – alles vorgekommen, der Reihe nach –, ob ich allein oder in Begleitung erscheine, mit Schlägern, Damen, unbekannten Brillen – mein Tisch wird freigehalten bis nachts um drei.

Du wirst bemerkt haben, daß ich erzählen kann, es ist nicht der Rede wert, davon geh ich aus, darauf spekuliert, wer meine Geschichten hört. Daß Erzählen Vergnügen macht, wird jeder beschwören, der den Gallimathias B.C. mehr als einmal hörte. Ob ich mich selbst für grau oder großartig halte, und wie weit ich mir selber glaube – Glauben schenke –, wird kein Kunde erfahren, es sei denn, er träumt von mir (mein Schatten hängt fest, ich habe ihn nicht verkauft). Ich kann verachten und lieben, was ich erzähle, die eigenen Figuren verprügeln und küssen, ich kann sie bedauern, verspotten, verschwinden lassen und glaubhaft versichern, das sei mir noch nie passiert. Ich lache über mich selbst, das hört man gern, die Persiflage des Erzählers besorgt B. C. Die Geschichten gehören mir, weil ich sie erzähle (ich schreibe nicht auf, was ich weiß, und nicht, was ich sage), die erfundenen, gestohlenen, nacherzählten, man vergißt sie nicht, weil B. C. die Geschichten erzählt. Er erzählt Geschichten, und niemand will wissen, warum. Unterschätzt zu werden ist mein Kapital, für eigentlich harmlos zu gelten meine Chance. Ein Pausenclown, den man machen läßt, ein Gottesnarr, der behaupten kann, was er will, ein Kleingeld-Idiot, der redet, soll er doch reden – das amüsiert mich und macht mich froh. WENN ICH GLAUBEN KÖNNTE, WAS ICH SAGE – ein Satz Jim Downstairs, meines alten Freundes, der Zweifel hat ihn geschlagen, er spricht nicht mehr. Er hat Gelächter, Wahnsinn und Hochmut verloren, der bescheidenste Nonsens regt ihn auf. Ich betrete sein überheiztes Asyl und sage: J. D., du hast recht, es ist heute so kalt, daß das Wasser bei fünf Grad über Null gefriert, und er knurrt mich an: *laß das*. Ich besuche ihn noch in seiner Baracke, er sitzt dort im dunkeln, Videos vor der Nase, ich unterbreche ihn mit einer Geschichte, die ich ausprobiere und die ihn ermuntern soll, ich wiederhole für ihn ein GOLDENES NICHTS, das er selbst vor hundert Jahren in Bars erzählte, und ich frage nicht, ob du mir zuhörst, wenn ich sage: Gott ist nicht immer derselbe, er hat seine Launen, er ist in seiner grauen Nacht allein, von Überdruß gepeinigt und ohne Schlaf (ich behaupte, er schläft nicht, seit ihm die Welt mißlang). Er hat das Verständnis für seine Geschöpfe verloren, er bedauert, daß es für ihn keine Nutte gibt. Die Welt ist ein kleiner Ball, der vom Spielfeld rollte, er hat andere Bälle, mit denen er spielen kann. Er richtet seinen Scheinwerfer in die Leere, entdeckt den Erdball und auf ihm eine Maus, sie läuft übers Feld und sucht ihr Loch. Gott streckt den Arm aus (sein Arm ist so lang, wie er sein will), holt die Maus aus dem Gras mit spitzen Fingern, setzt sie auf sein Knie und sieht, was sie macht.

Maus, denkt Gott, der Name ist noch da, die Gestalt mit Schwanz und vier Beinen, ganz dieselbe, das Ding ist gut erhalten, ich hatte recht.

Was eine Maus ist, die weiß nicht weiter, sie sitzt auf seinem Knie wie auf einem Gebirge, zweifelt an ihrer Lage und meditiert. Du setzt eine Maus auf einen Haufen Korn, die Folge ist: sie hat nicht den Mut zu fressen, nimmt kein Körnchen ins Maul, obwohl sie hungert, und traut sich nicht, auf Gottes Knie zu pfeifen.

Unaufgefordert erscheint die Katze, sie sagt: die

Maus gehört mir, die hast du für mich gemacht. Ich allein habe Anspruch auf Maus, die Maus, die Mäuse. Ich bin dafür da, sie zu fressen, das steht mal fest, sie ist meine Nahrung, mein Hunger, mein Ziel, die Maus ist mein Glück.

Und er: wer hat die Maus geschaffen, in Einzahl und Mehrzahl, wie er dich, die Katze, geschaffen hat! Ich hab mir nichts vorzuwerfen, der Fall ist erledigt. Katze, zieh ab.

Daraufhin die Katze: was soll das heißen; für die Maus zuständig bin ich, in Einzahl und Mehrzahl, ich hab mir nichts vorzuwerfen, es geht mir gut. Wer hört die Maus und ihr Wispern? Ich. Wer spielt mit ihr das Spiel der Spiele? Ich. Wer tötet sie am besten, zerbeißt sie am liebsten, wer erblickt in ihr eine Delikatesse? Ich. Wer sonst frißt Mäuse – das Pferd, das Kamel, das Huhn? Die Eule – na schön, ich war vor ihr da, vor dem Raubvogel auch. Dein Anspruch ist falsch, deine Einmischung nicht erwünscht.

Warum so laut, sagt Gott, halt das Maul und verschwinde, die älteren Rechte hab ich, an dir und der Maus, also laß den Unsinn und mach dich dünn.

Ich will meine Maus! ruft die Katze und glüht mit den Augen.

Er sagt: Mit den Augen erreichst du nichts, die sind von mir. Ich weiß, womit du ausgestattet bist. Wie sagt der Dichter? Der Hahn haßt den Regen, und der Regen – Gleichmut, Gleichmut.

Da sah die Katze, daß gegen ihn nichts vorzubringen war. Sie stieß einen Schrei aus, streckte ihm ihre Pfoten hin und sagte: schneid mir die Krallen, ich geb's auf.

Das ist Jim Downstairs Story, von mir erzählt. Ihn beschäftigte der Standpunkt der Katze, er war an ihr, nicht an Gott interessiert, und was Jim außer acht ließ, war der Standpunkt der Maus. Von der Maus – es ging schließlich um sie – keine Rede mehr. Ich erzähle dir also die Story der Maus.

Sie hatte dem Wortwechsel zugehört, vor der Katze in Sicherheit auf Gottes Knie, eine bessere Sicherheit hatte sie nicht gekannt, es sei denn, fern von der Katze in ihrem Loch. Was die Katze betrifft, die kroch ohne Krallen weg. Gott legte das Messer beiseite und dachte nach. Was ihm dabei einfiel, war die Maus. Er zog sie aus seinem Schuh, dort war sie verschwunden, als er nach der Katze und dem Messer griff, setzte sie wieder auf sein Knie und sagte: nun zu dir, mein Mäuschen, nun zu dir. Die Katze wird dich nicht fressen, so weit, so gut, diese eine Katze frißt dich nicht, und solang du bei mir bist, packt dich kein Storch, kein Sperber – keine Eule frißt dich auf.

Das hörte die Maus mit Vergnügen, sie freute sich. Aber –

Hier legt der Erzähler eine Pause ein. Aber was, aber wie, eine stille Verzögerung, in der du dein Bier bestellen kannst. Nachdenklich greift er sein *aber* wieder auf. Gott zeigt ein neues Interesse an seiner Maus. Er spielt mit dem Messer und denkt: das Tierchen gehört mir, was soll schon sein, und haut ihm den Schwanz ab. Ich verstehe dich nicht, schreit die Maus, mehr schreit sie nicht. Er schneidet ihre Pfoten ab, einzeln jede, zuerst die linken, danach die rechten. Die Maus ist in Ohnmacht gefallen, und er seziert sie, er hat seine Freude an Haut und Knochen, er ist beeindruckt von dem, was er schuf.

So nahm der Allmächtige seine Maus zu sich. Wie Jim Downstairs zu sagen pflegte: sind noch Fragen?

Bin ich alt? Man sagt mir, ich sei jung. Ja,ich bin alt. Die Unendlichkeit ist mir egal. Die unendliche Zeit ist eine kaputte Uhr, und ich bin der Irrgast in ihrem Gehäuse, ein kleiner Staub, den kein Wind bewegt. *Ich weiß, daß unsere Schicksale bündelweis auf dem Tisch der Nornen liegen.* Wer sagte den Satz. Von mir liegt nichts auf dem Tisch. Ich habe kein Schicksal.

Der Uralte stieg mit triefendem Kopf aus dem Brunnen und erzählte vom Feuer, das unter dem Wasser brennt. Aber er konnte das Feuer nicht beweisen, weil seine Fackel im Brunnen erloschen war.

Meine alten Freunde, die Geschichtenerzähler, gingen mit Bärten barfuß durch die Wüste. Sie lebten und starben auf der Straße, in einem Loch an der Piste nach Laha'lo, sie wurden ausgeraubt, von Bettlern erschlagen, ihre Leichen verfielen am Weg, von Tieren zerrissen. Sie wurden von Königen finanziert, von Kurtisanen ausgehalten, von begeisterter Menge durch die Stadt getragen, ein Rattenschwanz von Kindern hinterher. Sie liefen durch die Basare mit Äffchen und Flöte, sie saßen im Tor, wenn der Regen fiel, und holten ihre Geschichten vom Himmel herunter. Sie flüsterten, um besser verstanden zu werden, sie klingelten mit Schellen die Kundschaft zusammen. Sie wurden ins Gefängnis geworfen, mit Wassersuppe gefüttert und nicht entlaust. Sie wurden bestraft, verboten, ausgewiesen. Sie lebten, wie ich, von der Hand in den Mund und davon, daß sie klüger waren als ihre Geschichten, erfahrene Leute, so unschuldig wie gerissen. Ihre Arglosigkeit konnte Absicht sein, ihre Armut Täuschung. Sie zeigten, daß WAHR und UNWAHR sich unterscheiden oder nicht unterschieden werden, je nach Bedarf, daß Himmel und Hölle entkräftete Veteranen und die Erlösungen im Gelächter sind. Sie brachten Wahrheit und Lüge derart durcheinander, sie vermischten Recht & Schlecht nach so guten Rezepten, daß daraus etwas Drittes entstand – Zauberei. Sie spielten damit und ließen kein Irrlicht aus. Sie erzählten, wie ich, nur die Anfänge ihres Wissens. Sie ließen die Leute im Glauben, klüger zu sein.

Ich wäre zu ihrer Zeit ein Maulheld gewesen, der

mit Quetschkommode über die Märkte ging. Ich wäre danach ein Virtuose gewesen, der in Chicago Blues und Balladen sang, Moritaten-Rohrspatz im Souterrain. Ich wäre gestern ein Podiumssieger gewesen, Entertainer am Mikrophon mit Applaus und Dakapo – seine Scherze wurden vom Bildschirm spurlos verschluckt. Ich wäre heute kein anderer, als ich bin, Nachtgänger in BC, in Lokalen zu Hause, ein Hirnhund, der schlaflosen Leuten Geschichten erzählt. Was kann das sein, eine Story, von mir erzählt – ein Windei, ein Hirngespinst, eine Suggestion? Ein Bedarf wird gedeckt, ein Bedarf geweckt, ein Traum gekitzelt und wachgeküßt, ein Wunsch erfüllt. Ein Nichts wird aufgeblasen, es fliegt davon – Singvogel, sing Vogel, sing auf dem brüchigen Zweig. Du fingierst, schwadronierst und gibst dir selber recht. Du behauptest, dir sei im Gebirge ein Walroß begegnet – dir trat im Hühnerhof ein Engel entgegen – in der Handelskammer wurde ein Lift gestohlen –, und man sagt dir: erzähl mal, wie das wirklich war. Du holst eine neue Geschichte vom Himmel herunter und zitierst ohne Anlaß ein Lied von Franzl, dem Kind:

So ein großes
Loch voll Feuer
das ist die Sonne
weit und breit die einzige

weiß, was ich sage
und wenn ich dunkel bin
kleine Kerze
so viele Falter

Das Geheimnis liegt in der Aufwertung aller Dinge. Laß, was grau ist, begehrlich erscheinen, vergolde die Asche. Der Mensch, mein Freund, lebt nicht vom Brot allein, sondern von Aufwertung jeglicher Art, die er sich und seinem Cafard verschaffen kann, mit der er die eigene Einbildung färbt und salbt. Du wertest auf, du wertest alles auf. Du läßt seine Langeweile exotisch erscheinen, seine Dummheit heroisch, du verwandelst sein Exkrement in ein Glitzerding, wirfst mit Süßholz wie mit Konfetti um dich, aus Fakten machst du Orakel, aus nichts Poesie. Du verhimmelst die Hölle und verabreichst Zucker, als sei er das einzige, was zu fressen lohnt. Du genierst dich nicht, du freust dich und wertest auf. WAS IST DER MENSCH, EIN WOHNHAUS GRIMMER SCHMERZEN – o nein, du weist auf seine Bedeutung hin; du versorgst ihn mit Tiefsinn, Witz und versteckten Talenten, du verklärst seinen Auswurf und seinen Schmerz. Seine Eitelkeit fliegt dir hemmungslos entgegen, daß du mit kleiner Lüge wuchern kannst. Deiner Unverschämtheit sind keine Grenzen gesetzt. Seiner Einbildungskraft sind alle Fesseln genommen, wenn es dir gelingt, ihn für gut oder schön zu erklären. Du verachtest ihn nicht, o nein, du kennst ihn bloß. Du erzählst ihm, was er schon weiß, auf so eigene Weise, daß er an Offenbarung und Weisheit glaubt. Du stellst Schicksal als Zufall dar oder Zufall als Schicksal, du gehst mit Prognose und Rätsel vielsagend um und sprichst von Erfahrung, als sei sie ein Privileg. Du verhilfst ihm zu Selbstwertgefühl und gefährlichen Träumen, du schenkst ihm den Glauben an seine Besonderheit, du häufst Illusionen auf das erhobene Haupt, und er schiebt dir dafür ein paar Scheine unter das Glas.

Lirum larum, ich erzähl dir was. Gib mir dein Messerchen, ich geb dir mein Hölzchen. Nimm irgendein Ding – eine Schraube, ein Kleid, ein Taxi –, und ich mache eine Geschichte daraus. Gib mir ein Wort, den Anfang eines Satzes, und ich mach dir ein Zauberzeug, ohne Luzifers Hilfe. ER FÜHRTE MICH LANGE IN SEINEM BAU HERUM – das ist dein Satz. Er führte mich lange in seinem Bau herum, auf der Suche nach Fenstern. Wieviel Zeit verging in Nacht und Schlacke, ich weiß nicht, was in Nacht und Schlacke verging, die Hände wurden kalt, die Beine und Ohren, die Nase fror. Seine Zähne klapperten nicht, er schien nicht zu frieren, und ich dachte nach, ob er Zähne besaß, an welcher Stelle. Wir tasteten uns an Steinen entlang, über weites Gelände aus Tälern und Treppen, wir ertasteten Füße, die standen einzeln da, und Köpfe, die hingen in Trauben aus dem Raum, und Leiber, die lagen wie herumgeworfen, und Fledermäuse, in der Luft erstarrt, Geräte aus Stahl und Leder, und schleimigen Sand. Wir gingen durch stehendes Wasser, strömendes Wasser, sofern es Wasser war, was stand oder strömte, wir wateten durch Mulden voll Feuchtigkeit, die schwer war und an den Beinen klebte. Was war geschehen, was hatte er hier gemacht. Er schien zu tasten wie ich, besaß also Hände, sofern es nicht Pfoten waren, was er besaß. Er machte Schritte, besaß also Füße, sofern es nicht Krallen waren, was er besaß. Sein Geflüster schien kein Beweis für Hals oder Zunge, Kopf oder Mund. Es ist die Geschichte von der Suche nach Fenstern, ich entdeckte –

Ho parlato a una lucèrtola, meine Art oder Unart zu reden ist das nicht. Ich erzähle von Männern und Frauen in Babylon-City, von den Geistern der Messingstadt, das ist, wo wir sind, von Leuten da drin, die ich kenne und die ich erfinde, von der Farbe des Lichts im Limbo und seinen Gesetzen, das ist mein Job, den habe ich mir gemacht. Es begann vor sechs Jahren in dieser Bar, ich war in Begleitung einer Dame da – wenn ich von Dame spreche, meine ich Dame, wenn ich Nutte sage, meine ich Nutte, und nicht den Charakter einer Frau –, wir tranken in der Nacht, und ich erzählte, mir hörten unbekannte Gesichter zu. Ich holte eine Story vom

Himmel herunter und wußte noch nicht, was das heißt, erzählen, war ahnungslos, und weil man mir zuhörte, laut, kein Hauch von Zurückhaltung in der Ausdrucksweise, und was ich erzählte, war mir noch nicht bekannt. In dieser Nacht erfand ich eine Person, sie überraschte mich in den eigenen Sätzen, kam ohne Absicht zum Vorschein wie ein Komplize, lässig, selbstgewiß, und schien zu sagen: mach weiter, ich setz mich hier still in die Ecke, laß dich nicht stören – und ich erzählte von Jean, zum erstenmal. Ich erfand *Jean-hau-ab*, einen Spieler der Messingstadt, das heißt, ich behauptete, den Typ zu kennen, und hatte – schien es – häufig mit ihm getrunken und war von seinen Geschäften angetan. Ich gab zu erkennen, daß mir der Mensch vertraute, undeutliche Nähe schien uns zu verbinden, das gab mir die Chance, ihn so andeutend zu gestalten, daß von Aura und Zwielicht nichts verlorenging. Es wäre wohl bei der ersten Erzählung geblieben, und Jean-hau-ab wäre wieder untergetaucht, wenn nicht das Ohr der Dame, die helle Neugier, ihr sonderbares Interesse an meinen Sätzen und vielleicht Sympathie für die Erscheinung des Spielers, in der sie mich zu erkennen glaubte, Bild im Spiegel, Spiel im Schatten – es ergab sich, wir blieben zusammen in dieser Nacht. Ihr Appartment war hell und klein, eine Tür ohne Namen, Séparée aus Taubengrau, Velours und Seide, geordneten Büchern, dunklen Möbeln, in einer Kastanienallee nicht weit vom *Belmondo*, und ich sah sie in ihrer Umgebung zum erstenmal (obwohl ich ihr oft begegnet war – im *Keaton* – und ihren Duft und ihren Volvo kannte). Es berührte mich, daß sie keine Schönheit war, eine durchtrainierte Erscheinung, graziös und zäh, nördliche Aura oder ENGLISH TOUCH, direkte knappe Blicke, sie war nicht scheu, offener Regenmantel und flache Bluse – eine Frau ohne Brüste? hatte ich nie geliebt –, schwarze Locken, graue Strähnen, ich bemerkte zwei Ringe an der linken Hand. Ihre Höflichkeit schien vollkommen, die Stimme kühl. Ein Gentleman, kein Nobody, hielt sie aus, das gab sie mir nicht zu verstehen, das nahm ich an. Das Alleinsein mit ihr, die Nebeneinanderferne, Verschwiegenheit mit Pausen und rotem Champagner – das war etwas seltsam und zog sich hin. Sie sagte: Erzählst du nochmal, was du vorhin erzählt hast, die Geschichte von Jean? Ihre Frage verschlug mir den Wunsch, sie zu lieben. Was wollte sie von der Geschichte, und was von mir. Saß ich als Entertainer in ihren Kissen, eine Sondernummer für die verwöhnte Frau. Sie fragte nochmal, und ich erzählte, ich fing jetzt an, auf die eigenen Sätze zu achten, die Wörter einzeln und mit Respekt zu gebrauchen, Erzählen als ein Vermögen anzusehen, und war weniger vorlaut als in der Bar. Die Augen der Dame und mein Mund, die eigene Stimme und ihr offenes Ohr, ihre Lautlosigkeit und mein besseres Erzählen, und daß sie nicht rauchte, während ich sprach, Zigarette und Feuerzeug in der Hand – das war die erste Begegnung mit meinem Job. Die Nacht ging zu Ende, ich blieb bei ihr, ihre Hingabe schien mir zu danken, das störte mich nicht.

Alles weitere ergibt sich, sagt Jean-hau-ab, das hat er von mir. Es ergab sich, daß ich sie wiedersah – ihr Name war Stella –, und Geschichten von Jean, dem Spieler, für sie erfand. Ich erzählte sie anderen Leuten, doch ihr zuerst, rief sie mehrere Male im Monat an, daraus ergab sich ein Abend in einer Bar, ein Spaziergang am Lido, eine Nacht bei ihr. Die Nebeneinanderferne blieb unangetastet, und Stella erschien als immer gleiche Gestalt, die sich immer weniger zu erkennen gab, von der ich immer häufiger nichts mehr wünschte, dezent und glatt, wenn sie mit mir schlief, sehr aufmerksam, wenn ich eine Geschichte erzählte, gedämpft im Geflüster und am Telefon. Unwandelbare Begleiterin, liebte ich sie? An Zweifel fehlte mir nichts, ich war froh darüber, und sie hielt ihr Glück an anderer Stelle fest. Ein Winter verging, die Zeit schien nichts zu ändern, daraus ergab sich ein Satz, den sie fallenließ, als wir im Regen um die Buchten gingen, Hände in Manteltaschen, im frühen März. Ich sah ihren Atem, als sie herüberrief: DU KANNST SIE ZU MIR SAGEN, WENN DIR DAS

LIEBER IST! Es war mir nicht lieber, erschien aber möglich, ich erfuhr keine Schrecksekunde nach diesen Worten, weder Anfang noch Ende einer Affäre, ich sah keine Hoffnung, aber die fehlte nicht.

Mir fehlte nicht viel von Stella und nichts von mir, seit der Spieler Jean-hau-ab mein Komplize war. Ich erzählte von ihm nur, was sich erzählen ließ, die realen Merkmale seiner Gestalt, und was einer weiß, wenn er glaubt, seine Leute zu kennen: Ausdrucksweise (verschwiegen und keine Erklärung), Erscheinung (Distance und Charme, ein Typ ohne Alter) und gemischte Einzelheiten ohne Gewähr: daß es Frauen waren, die nach ihm fragten, und kein Mensch zu wissen schien, wo er untertauchte, wovon er lebte und wie, mit wem und allein – ein Varieté-Charakter ohne Konturen, der zwischen Unstern und Stern keinen Unterschied machte und Sinn und Unsinn für vertauschbar hielt. Er hatte versucht, mit einer Nutte zu leben (für Stella schien dieses Leben von großer Bedeutung, sie war irritiert und fragte viel; das unterschied sich von gewöhnlicher Neugier, vom Verschworensein einer Frau mit den Sachen der Liebe), doch dann hatte er Gabriella Saba verloren, und das einzige, was er wollte, war châli.

Was war châli – eine babylonische Formel, ein Zauber, dessen Bedeutung verlorenging? Was immer ich ihr erzählte, war châli, und es störte sie nicht, daß châli ohne Antwort war, châli, châlou, shalamun, gabriella, stella. Ich oder ein anderer war unterwegs mit ihr – Gabriella? Stella? –, eine Autotour durch die Berge und an das Meer, in der Vorsaison, als alles in Blüte stand, die Gärten, die Luft und das Meer in Blüte, so zart und leuchtend allein für sie – was war alles Licht der Welt gegen ihre Blüte! –, und sie nahm zum erstenmal ihren Kater mit, im tragbaren Kasten aus Flechtholz, entzückend und praktisch, das Tier war gereizt und schrie, doch was konnte das schaden, der Kater mußte mit und war nun da – o Pimpo im Kasten, im Auto, im Restaurant. Sie fanden ein Ferienhaus mit Kamin und Garage, zwischen Villen und blühenden Gärten nah am Strand, sie deckten Möbel ab und öffneten Fenster, und das erste im Schlafzimmer war: sie ließ ihn frei. Er lief an den Wänden entlang, sprang auf Stühle und Betten, entdeckte das offene Fenster und verschwand.

Sie riefen hinter ihm her, er blieb verschwunden, sie suchten ihn in der Umgebung, gemeinsam und einzeln, auf unbekannten Wegen, in fremden Gärten (die Blüte, die herrliche Blüte war nicht mehr da), in Badehäusern am Strand und kaputten Veranden; ein Kind hatte Pimpo gesehen, falls es Pimpo war – der Kater war eilig durch eine Hecke gekrochen, die die Küstenstraße vom Golfplatz trennte, in dieser Jahreszeit war hier alles leer. Sie entdeckten

Sanatorien und alte Villen, Grills und Pools und verrottete Teiche, Wäscheleinen voll hängengelassener Tücher, Autowracks in Gebüschen und tote Vögel und schreckten zwei dösende Penner auf. Die Dämmerung kam, sie mußten die Suche beenden, verstimmt und erschöpft, und er hatte recht: warum mußte, mußte der Kater, mußte mit. Sie warf ihm Unmenschlichkeit vor, ja, ein Monster, das bist du – so grob und kalt, so verständnislos, und sie weinte – du hast mir den Kater nie gegönnt, du warst immer gegen ihn, und jetzt lügst du – das wäre nie, wenn du nicht – o wie ich dich hasse – deine Vorurteile sind furchtbar, faß mich nicht an! Es wurde dunkel, sie gingen zum Haus, geöffnete Fenster und Türen, der Wind war kalt, am Fuß der Treppe lag Pimpo, der Kater schlief. Sie hob ihn in ihre Arme, der Kater schrie. Würgen oder Husten erschöpfte den Kater, er hing in ihren Armen, würgte und schrie, und sie wehrte die Sorge ihres Begleiters ab.

Das Fell war gut, die Augen und Pfoten heil. Er röchelte und zuckte, ach Pimpo – so hilf doch. Ein Arzt, mach schnell, was stand er hier noch herum. Kein Telefon im Haus und kein Telefonbuch, sie fuhren los, er chauffierte und sie saß hinten, den schwächer schreienden Kater im Arm. Sie schwiegen jetzt auf verschiedene Weise, sie sprach mit dem Kater, er sah sich im Dunkeln um – er sah noch die Blüte im Dunkeln, sie sah sie nicht –, das Scheinwerferlicht fiel auf leere Strecken, strich fahl über Buchten voll Schwärze und Meerschaum – menschenleer, kein Arzt, keine Apotheke –, verlassen erscheinende Orte und eine Bar, in der drei Männer nichts von Tierarzt wußten, es gab hier keinen Arzt, überhaupt keinen Tierarzt, und er fuhr weiter in eine empfohlene Gegend, die am Zaun einer Pferdekoppel zu Ende war. Er wendete im Morast, fuhr wieder zur Küste, und sie warf ihm vor, zu schnell, dann zu langsam zu fahren, zu rücksichtslos und typisch und überhaupt. Er stieg aus dem Wagen, entzifferte Schilder und Namen und fragte, was los sei, als der Kater schwieg. War er tot, nein, er war nicht tot, der Ärmste schlief, wie kannst du behaupten, Pimpo ist tot, und sie weinte. Pimpo war tot.

Er schlug vor, sehr zögernd und leise, ihn zu begraben, sie fauchte ihn an, und er begrub den Kater, mit Schraubenschlüssel grabend im Licht des Wagens, in einem Haufen Erde nicht weit vom Strand. Sie verließen das Haus und fuhren nach BC, und er brachte sie an die Tür ihrer Wohnung. Einmal rief sie an und sprach auf Band, er rief nicht zurück.

Die Geschichte kommt dir bekannt vor? Das kann ich mir denken. Ich selber hatte die Chance, sie kennenzulernen, zwei Wochen, nachdem ich sie Stella erzählte. Ich rief sie an, sie lud mich zum Essen ein, wir trafen uns in der Bar des *Watership*, sie hatte zum erstenmal einen Tisch bestellt. Ihr Kostüm war grau, der Seidenshawl schwarz, und ich hatte noch nie einen Ohrring an ihr bemerkt. Sie schien unangreifbar wie immer, doch weniger fern. Sie war um ein spürbares Zögern nähergerückt.

Sie redete wenig, ich erzählte nichts. Sie drehte das halb gefüllte Glas, sah ihren Fingern zu und sagte: *Laß uns erst mal was trinken*. Das schien der Anfang einer Geschichte zu sein. Die Kralle des Engels kam auf mich zu.

Sie fragte: Liest du Zeitungen.

Ich lese Zeitung, das gehört zum Job. Ich lese Zeitschriften, Comics und Feuilletonaden, Boulevard- und Hinterblätter aller Art, Nachrichten aus Gesellschaft und Underground, Sensationen aus aller Welt und schräge Kolumnen, die Pettogolezzo mit Abschaum füllt.

Hast du den Nacht-BC von heute gelesen?

Sie legte ihn zwischen uns auf den Tisch und sagte: Du erfährst es sowieso, es ist also besser, du weißt es von mir.

Sie hielt mir die geöffnete Zeitung hin.

Ich las den Titel AUSFLUG EINER KATZE. Die Erzählung begann mit den Sätzen: Sie machten eine Autotour an die Küste, in der Vorsaison, als alles in Blüte stand, die Gärten, die Luft und das Meer in Blüte, so zart und leuchtend allein für sie – was war alles Licht der Welt gegen ihre Blüte! –, und sie nahm zum erstenmal ihren Kater mit –

Die Frau hieß Janina, der Mann Antonio, der Kater Pim. Der Name des Autors war Serge Moore. Der Wortlaut schien kaum verändert, der Schauplatz derselbe. Das Ende der Erzählung lautete: Antonio nahm ihr das leblose Tier aus den Armen, sie ließ es geschehen. Er verschwand aus dem Lichtkreis des Wagens und kam ohne Kater zurück. Sie kehrten um. Janina saß schweigend neben ihm, und er hatte Mühe, das Haus zu finden. Sie trugen die unausgepackten Koffer zum Wagen, am frühen Morgen waren sie in BC. Er begleitete sie zum Lift und kehrte um. Sie versuchte später, ihn zu erreichen, aber er ging nicht ans Telefon.

Der Moment schien lustig genug, um mit ihm zu spielen. Ich empfand Gelächter und Entzauberung. Die Zeit mit Stella zerfiel ohne Schmerz. Sie erwartete mich mit ruhigem Blick, delikat, unangreifbar und kühl wie ich.

Hatte sie die Erzählung geschrieben?

Sie verneinte.

Der Name des Autors, war das ein Pseudonym?

Nicht direkt –

Direkt oder indirekt, wer steckte dahinter.

Ein Freund – ich sag es mal so, ein Mann. Ja, ein guter Freund.

Seine Lieferantin bist du.

Wenn du es so ausdrückst. Ich mache das nicht

immer, nicht unbedingt, aber wenn mir eine Story gefällt –

Jedenfalls, die Story hat er von dir.

Sie bejahte. Denk, was du willst.

Ich dachte, was ich wollte, nichts war passiert. Eine Story verschwand im Feuilleton.

Was hast du ihm von mir erzählt.

Stella überlegte. Ich habe ihm etwas gesagt. Sie blickte mich ungerührt an.

Was weiß er.

Ich habe ihm nichts Bestimmtes gesagt, und er hat mich nach nichts Bestimmtem gefragt.

Weiß er –

Nein.

Nein?

Ich glaube nicht. Und falls du den Wunsch hast, ihn kennenzulernen – das kommt nicht in Frage.

Sie lächelte wieder. War es Hochmut oder Einverständnis, Genugtuung, Stolz. Schamloses Flämmchen Frohsinn in ihren Blicken, ich sah: die Zufriedenheit galt ihr allein. Wie immer glaubte sie, gewonnen zu haben.

Ich sagte: Es macht mir nichts aus, das ist nicht die Frage. Die Frage ist –. Sie nickte, als wisse sie, wovon ich sprach.

Lass uns erst mal was trinken war vorbei. Wir aßen zur Nacht im *Watership*, die Serviettenringe und Sektkübel sind berühmt, die Gäste diskret, die bedienenden Frauen schön. Sie teilte mir mit, daß der gute Freund – er hielt sie aus, das erwähnte sie nicht, das erfuhr ich später – die Geschichten schrieb oder aufschrieb, die sie ihm brachte. Er hatte mehrere meiner Geschichten geschrieben, das heißt, veröffentlicht und daran verdient. Nur meine Geschichten? Zuletzt nur Geschichten von dir. Ein Ghostwriter war ich nicht, ich war ein geplündertes Schatzhaus – BOBY CERVANTES, DER GERUPFTE PFAU – und kann nicht behaupten, ich hätte es nicht geahnt. Stella hatte ihm meines Stories geliefert – Gerede eines Barhockers, ohne Gewähr – und ihm meine Art, zu erzählen, rangeschafft.

Sie hob Dessert aus der Schale mit zierlichem Löffel – schwach geöffnete Lippen, gespreizte Finger –, nur meine Zigaretten gefielen ihr, sie ließ sich Feuer geben und sah mich an, Kälte des Blicks aus Abschätzung und Frohlocken, sie blies den Rauch zu mir hin und schwieg. Ich bedauerte wenig, verurteilte nichts, doch momentlang betrübte mich der Gedanke, daß Stella eine Frau ohne Großmut war.

Stella –

Qui, mon ami.

Wir könnten gehen.

Natürlich, gehen wir – gehen wir zu mir.

Wir gingen zu ihr, wir gingen mal wieder zu ihr, und es war das letzte Mal, daß ich sie liebte, daß sie sich caressieren und fressen ließ. Davon kannst du träumen, was wir mit uns machten, und wie süß und restlos ich ihr den Abschied schenkte, und sie wußte nicht, daß es für immer war. Die Art zu lieben war ihr noch nicht bekannt. Sie hatte keine Brüste, doch weiße Schwellen, mit großen dunklen Warzen, üppig wie Früchte, und dunkel war auch ihr Schoß, das schönste menschliche Ding, das mir je gehörte, das ich vorfand im Bett einer Frau. In dieser Nacht, in der letzten, liebten wir uns. Sie vergißt mich nicht. Ich rief sie nicht wieder an.

Wer immer ich bin und was ich mache – mir ist egal, wer ich bin, nicht was ich mache –, ich bin mit Gewißheit und gutem Gewissen: ein Spieler, der kein Monopol beanspruchen kann. Ich war nicht unglücklich über Stellas Freund. Mich belustigt die Frage: wie kommst du zurecht – Zuhälterleben – ohne Stoff von mir. Wo nimmst du die Welt her, die deinem Atem fehlt, in welches Haus dirigierst du deine Dame (Stella, die deine gute Nutte war). Ich verachte ihn nicht, o nein, ich kenne ihn bloß. Ein Mensch existiert für viele, verzweifelt für viele, gibt andern zu leben und trägt die Gewißheit davon, seine Seele riskiert zu haben, nicht nur für sich selbst. Der bekannte Mensch, der meine Geschichten schreibt, von mir gelernt und gelebt hat und profitiert – soll er profitieren, er weiß warum. Ich habe immer mal wieder, ohne zu suchen, in Zeitungen eine Geschichte von mir entdeckt und kann dir versichern: der Parasit schreibt gut. Er verfälscht nicht, was ich erzähle, das kann er nicht. Er schreibt – oder zeichnet nach –, was ich erzähle, und ich frage mich: hat Stella ein gutes Gedächtnis und ab und zu ein Tonbandgerät im Täschchen, oder hat sie – wann und wie – meine Sätze notiert. Mein Satz DER PARK WAR ALT, VOLL LANGSAM WACHSENDER BÄUME, heißt bei ihm: DER PARK WAR GEPFLEGT, VOLL ALTER BÄUME. Er glaubt, mich verbessern zu können, das kann er versuchen. Etwas muß er mit den Geschichten tun.

Was ich erzähle, ist erfunden, was ich nicht erzähle, handelt von mir. Ich spreche, um stumm zu sein, von anderen Sachen, ich bin, was ich nicht erzähle und nie erwähne, ich erzähle nach vorn hinaus, um dahinter, im Schatten, mit ganz anderen Geschichten allein zu sein – wie Jetta, das Kind, allein in wessen Haus, spielt es EINE MURMEL, MEINE MURMEL, rollt die einzige Murmel über den Boden, sie fällt in eine Ritze und bleibt dort. Das Kind bohrt in der Ritze, und was geschieht. Es zieht eine Schlange heraus, sie ist kurz und schnell, will in die Ritze zurück, doch das Kind hält sie fest, EINE SCHLANGE, MEINE SCHLANGE. Was hast du davon, sagt die Schlange, laß mich los, dann beiß ich dich nicht und du bist froh. Eine Schlange, keine Schlange, sie macht sich los, verschwindet in der Ritze. Das Kind bohrt in der Ritze, und was geschieht. Es zieht ein Hühnchen heraus, es ist weiß und klein. EIN HÜHNCHEN, MEIN HÜHNCHEN, was hast du davon, sagt das Hühnchen, laß mich laufen, ich hol dir mein schönstes Ei. Ein Hühnchen, kein Hühnchen, es flattert fort, verschwindet in der Ritze und bringt kein Ei. HÜHNCHEN – FLATTERTE FORT – VERSCHWAND – KEIN EI. Als ich Stella verließ am letzten Morgen, leer und froh in der Leere ohne sie, kam ich am Rand des Rayon vorbei, die Sperrschilder standen noch dort, nach Gebrauch vergessen, Stacheldraht-Areale voll Gift und Abfall, undurchdringliche Zonen, von wem bewohnt, und ich wußte wieder, wo ich war, hier hatte ich vor der Zeit der Strahlung gelebt, das Haus war verschwunden, die Straße noch zu erkennen, geplünderte Läden, verkohlte Bäume, Container voll Schutt. Ich teilte die Wohnung mit einer Frau, einem Mann, der ihr Vater war, und einem Phantom: es lagen Spielzeuge in den Zimmern, Kleidchen, Puppen, Engel aus Silberpapier, und es dauerte ein paar Nächte, bis ich erfaßte, daß das Kind der Frau, kleine Tochter, verschwunden war. Der alte Vater faulte vor sich hin, der Lautlosigkeit eines Saals und sich selbst überlassen, umgeben von Eimern, in Abfällen schier erstickt. Sie schien ihn vorm Hungertod gerettet zu haben, andere Tode fraßen in ihm herum, Geister des Gähnens, der Atemnot und des Entseeltseins, er wiederkäute Trübsinn und fraß ihn auf. Die schweigsame Unbekannte war meine Geliebte, ich lebte mit ihr in einem tiefen Bett. Erinnerst du dich an BC in der Zeit der Strahlung, ausgeplündert, entvölkert, von Bränden verwüstet, Limbo der Eisenpriester und Marodeure, Menschenjäger, Schlächter, Allesfresser. Was von Menschen übrigblieb, verschlangen die Tiere, was Hunde und Ratten verschmähten, verschlang die Hitze, was die Hitze zurückließ, ging in Abwässern unter, der Müll und die Toten waren überall. Und überall war Papier, jede Sorte Fetzen, das in furchtbaren Mengen durch Babylon-City flog.

Ich hatte Geld, das war ohne Wert, und im Schwarzhandel tauchte nichts mehr zu essen auf. Ich ging am Morgen, erfolgreicher in den Nächten, durch Lagerhäuser von Firmen, die ich kannte, durch Küchen der Heilanstalten und Konsulate, bediente mich in Depots der katholischen Kirche (Fischkonserven, französische Weine) und fuhr durch die leergefressene Peripherie (das Ausmaß der Strahlung war dort nicht bekannt). Ich brach in verlassene Wohnungen ein, blieb dann öfter im Bett neben meiner Geliebten, nackt in der Hitze, von Hunger benommen, die Liebe war vergangen, wir schliefen und dösten, und der Greis im Saal rief nach seinem Brei. Ich zog mich an, ich zog mich mal wieder an, und lief wie in jeder Nacht über leere Plätze, durch gestaute faulige Wärme des windlosen Morgens, ein Schuß verhallte, ein Reiher flog auf. Ich war allein mit einem fremden Mann. Er klammerte sich an eine Straßenpumpe, streckte die Hand aus, lallte mir entgegen, die Lippen waren geschwollen, die Blicke leer. Das konnten Hunger, Durst oder Irrsinn sein, Folge der Strahlung, gewöhnliche Idiotie. Ich hielt ihm hin, was ich hatte, das war etwas Kleingeld, er steckte es in den Mund und schluckte, es gelang ihm zu schlucken, er erstickte nicht. Er taumelte noch, er fror oder schwitzte nicht. Dann lag er neben der Pumpe, schlief oder starb.

Was ich erzähle, ist nicht mein Stoff. Ich erzähle dir ein paar Frauen, die kannst du haben, meine Messingstadt und meine Toten, mein Herz aus Eis, das keine Kälte kennt. Fang auf, nimm es zu dir im Glauben, mein Wort sei ich. Wer ICH sagt, hat sich verwandelt in ICH, wer ER sagt, ist Teil einer andern Geschichte. Wer gab das Geld, und wer schluckte es runter. Wer war die Geliebte, wer war das verschwundene Kind. War Stella, die Lieferantin, untergetaucht, und was war sie noch. Lirum, larum. *Serge Moore*, der Name tauchte in Büchern auf, den Typ, der dahintersteckte, traf ich nie, doch kann es sein: er war mein Freund am Tresen und lachte inkognito hinter mir her. Eine Zeitlang mißtraute ich allen Frauen, vor allem den Schönen der Nacht, die was von mir wollten, und vor allem in einer Bar, wenn ich was erzählte – er hatte wer weiß wie viele

Lieferanten und wer weiß welche Elster auf mich angesetzt. Aber der Verdacht ging schnell vorbei.

Jedes Gesicht verbirgt eine Story, jede Story ist einzig und ist banal. Soll ich davon ausgenommen sein. Von mir liegt kein Knochen auf dem Tisch der Nornen. Die eigene Geschichte gleicht jeder anderen, gleicht keiner anderen und ist gewöhnlich wie jede, mit dem Unterschied, daß ich meine Geschichte brauche, von keiner Stimme mißbraucht und ohne Erklärung, nicht zurechtgerückt auf Handlung oder Pointe, eine DUNKELSTRECKE IM FLUTLICHT DER WELT. Wenn der Name STELLA in einer Geschichte auftaucht – denk an mich. Wenn SHALAMUN erscheint, dann weißt du Bescheid (abgesehen von der Art, wie die Story erzählt wird). Und ist vom Treatment eines Films die Rede, dann steckt da drin ein harter Kern von mir, egal, wie der Autor heißt – Chatou, Marcelou? –, ich ging ihm als Schatten voraus, ich war sein Souffleur. Wenn du MESSINGSTADT hörst – erinnere dich: Ort der Dämonen und Ort der Lemuren. Ort von Geistern, die die Seele fressen. Ort des Irrlichts, des Blendwerks, der Gaukelei. Heimstatt des Alles, des Nichts und des Abermals Nichts. Ort der glückseligen Gottlosigkeit und Ort der Entrückung. Ort der Zurückweisung alles Guten und Schönen, Messingstadt, einziger Ort im Vorhandenen, der weder Wahrheit noch Seele besitzt. Die Zigarette im Mundwinkel brannte nicht, ich wollte ihm Feuer geben, er lehnte ab, sein Gesicht war gut im Dunkel untergebracht. Wir unterhielten uns halblaut im lärmenden Regen und gedämpfter, als er vorbei war, warum gedämpft, ich empfand den Zauber grundloser Konspiration. Die Nacht, gegen Morgen, war menschenleer. Er sprach vom Regen, liebte den Regen – wenn du ihn kanntest, kennst du seinen Regen –, es schien einen Regen zu geben, der ihm gehörte, er beanspruchte einen Regen allein für sich, genoß und verbrauchte einen eigenen Regen – Bilder von Regenbögen und Träume von Sintflut –, der erfrischender war als die Wasserböen am Lido, betörender als ein Nachtregen in BC.

Was sind Geschichten, von mir erzählt. Sie kursieren wie Witze und gehören jedem, der eine Geschichte für möglich hält. Sie gehören niemand, bevor sie geschrieben sind. Sie sind Eigentum dessen, der sie schreibt, obwohl sie an jeder Ecke erzählt worden sind. Und Eigentum dessen, der sie erzählt, obwohl sie in jeder Zeitung zu lesen sind. Es ist die Story vom Raum nebenan. Nebenan ist ein Raum, es könnte ein Zimmer sein, ein Saal, eine Gruft, ein Zimmer, egal. Er ist bewohnt, scheint unbewohnt, er scheint bewohnt oder unbewohnbar zu sein. Durch die Wand hörst du Stimmen, es könnten menschliche sein, du kannst sie hören oder nicht verstehen, du unterscheidest sie nicht und verwechselst sie. Zwei Tage lang hörst du sie nicht, dann drei Nächte lang immer. Sind es Stimmen vom Band, wurden Filme gezeigt, traten Schauspieler auf mit verteilten Rollen – Geisterbeschwörung oder Papagei. WOLLEN SIE MEINE FÜSSE SEHEN, JUANITO, SIE SIND SEHR SCHÖN! Das hast du gehört, du glaubst, es vernommen zu haben, du schwörst, diesen Satz entziffert zu haben, dann folgte ein Donner – als sei eine Flasche vom Tisch gerollt, ein Bett zusammengebrochen, ein Mensch gestürzt. Nein, es war, als schlüge ein Laden gegen die Wand, es war ein Champagnerkorken, es war ein Schuß. Kein Schuß – eine Stimme im Megaphon – PORCHE SIKE LIMRIKE, BICH! BICH! –, ein Satz wie dieser, stereo, fern, immer ferner – ein Satz, der etwas bedeutete, oder enthielt? – unverständlich, was enthielt der Satz – jedenfalls enthielt er – er enthielt – in diesem Moment kommt der Fremde – Chatou? – und erzählt die Geschichte vom Raum nebenan.

Brauchst du die Zeit noch. Du brauchst sie, was brauchst du, nichts fehlt dir. Brauchst du den Tod noch. Du brauchst ihn, ist er bei dir – willst du ihn haben, oder wer erschlägt ihn. Brauchst du die Nacht noch in Babylon-City, den Lido, den Reiher, das Wort châli. Brauchst du noch Boby Cervantes und seine Geschichten. Alles geht weiter, mit mir oder ohne mich.

Nessel

Sie lief wie unsichtbar in BC herum, auf beliebigen Trottoiren, ein Mensch allein. So hatte sie ein halbes Jahr verbracht. Was sie besaß, war im Beutel aus Plastik, und ihr Ausweis, ein Kunststoff-Plättchen mit Fotografie, war im linken Hosenbein ihrer Jeans vernäht. Danach fragte kein Mensch, das gehörte zu ihrem Glück, sie wurde nicht wahrgenommen und nicht verfolgt. Auf die Frage: wer hat eine junge Frau gesehen, einssechzig, dunkle Haare, Sandalen und Shirt, würde jeder Befragte geantwortet haben: die genannte Person ist hier nicht aufgetaucht.

Sie lebte, wie Katzen leben, sie streunte herum, verbrachte die Tage, ohne von Zeit zu wissen, verschwand oder wohnte, wo die Chancen waren, und wo man sie schlafen ließ oder bat zu bleiben, in Gemeinschaftswohnungen, Kellern, leeren Zimmern, im Bett eines Mannes, unter Gebüsch im Park. Sie wusch sich, wo Wasser war, in Fontänen und Bädern, und wußte: sie konnte erscheinen, wie sie wollte: als Schönheit, Schatten oder Mißgeburt. Sie brauchte weder Täuschung noch Zauberei, das Wort Verwandlung hatte sie nie gehört. Seit ein paar Nächten war sie wieder draußen, einmal mehr unterwegs allein, redete selten, sah und hörte viel. BC erstickte im Licht des späten Sommers, das Ende aller Straßen verschwand in Blau, auf Plätzen und offenen Schneisen lag trockene Hitze, in Stein gefaßte Wüsten ohne Sand. Von den Platanen fiel graues Laub, und Gras und Kraut verdorrten am heißen Asphalt. Gewitter stauten sich am Horizont und verschwanden ohne Regen in Staub und Smog. Das Meer lag silbern flach, der Tag war windstill, die Luft roch nach Gas.

BC schien von Menschen wie von Termiten zerfressen, Unzählige waren unterwegs wie sie, Obdachlose und Flüchtlinge vieler Gebiete, Hungernde, Rauschgiftsüchtige, Illegale, Glücksspieler in Passagen und unter Brücken, Diebe auf U-Bahntreppen, querschlagende Horden, so viele Sprachen hatte sie nie gehört. Im Rayon, von Polizisten in Ruhe gelassen, waren Camps errichtet worden aus Trailors und Zelten, Wohnwagenburgen, Oasen aus Holz und Schrott, behaust von Aussortierten unter sich (sie hatte dort ein paar Tage und Nächte verbracht). Boulevards und Strände, Rayon und Lido, Passagen und Gärten waren voll Musik. Die Abende vibrierten von Mambo und Schlagzeug, Highlife und Rock. Alle Luft schien von Jubel und Geheul verbraucht. Bands auf Lastwagen dröhnten über die Plätze, und Flötenspieler standen im Schatten, mit ihrem stillen dünnen Ton allein. Sie hockte sich in den Schatten und hörte zu. O Livi Divi Dolli

Badi Badou! Auf dem Corso Malbranche tanzten schwarze Orchester mit Trompeten und Trommeln durch den Stoßverkehr. Schwärme Schreiender Hälse und Gitarren, das rempelte durch Passagen und Menschenmassen, das schrammelte Evergreen vor jeder Bar. Vom Ende des Corso, im Schatten der Bäume, kamen ihr unbekannte Gestalten entgegen, Schwarze in weißen Smokings und helle Frauen, aufgelöste Frisuren, nackte Schultern – Spieler und Musikanten und ihre Bräute. Sie gingen umarmt oder einzeln, sie hörte ihr Lachen, die Augen waren heiter, die Stimmen hell. Man winkte ihr zu, vergaß sie und ging weiter, in traumhafter Ruhe außer Sicht.

Wann war das gewesen. Sie wußte es nicht. Was sie erlebte, schien gleichzeitig zu geschehen, in einem Raum, der ohne Tiefe war. Sie verschwand in ihm und wurde nicht mehr bemerkt. Sie beachtete nicht sich selbst, denn sie war da, und das einzige, was sie wußte, war Shalamun. Das war der Name des Menschen, der ihr fehlte, er fehlte immer, denn er war nicht da. Sie suchte ihn noch im Schlaf und rief ihn, wenn der Name Shalamun ihr entfallen war. Wie lange suchte sie ihn. Sie wußte es nicht. Ihr schien nie einzufallen, daß sie ihn suchte. Seine Abwesenheit – seine Gegenwart nie und nirgends – war der gewöhnliche Zustand, in dem sie lebte. Daß sie ihn finden konnte, war gewiß, doch was würde passieren, wenn er gefunden war und auf einmal vor ihr stünde wie sie vor ihm. Sie wußte es nicht, und wer war Shalamun. Der Inhalt des Namens schien verlorengegangen. Alles, was sie wußte, war Shalamun.

Ob sie ihn suchte oder nicht, ob sie herumlief im Tagtraum und ohne Plan – sie war durch unzählige offene Türen gekommen, die halbe Welt stand unverschlossen da, voller Bahnhöfe, Kirchen, Hotels und Bars. Es schien selbstverständlich, durch offene Türen zu gehen – sie schloß keine Tür hinter sich zu – und grundlos in einem fremden Gebäude zu sein. Sie zweifelte nicht, an den richtigen Ort zu kommen, sie war in Licht und Dunkel ohne Angst. Sie war tagelang in Kaufhäusern unterwegs und reiste auf Rolltreppen stehend durch bunte Etagen, ging durch Abteilungen, die sie nicht verstand, voller Zubehöre, Brillen, Gartenschläuche, irrte durch Kleiderhallen und Küchengeräte, betrachtete Dinge und Undinge gleicherweise und hatte den Wunsch zu stehlen nie verspürt. Im Offenen draußen steckte sie manches ein. Sie fand viel Kleingeld auf Treppen und Trottoiren und sammelte ein, was schön oder einzig war, versteckte es eine Weile im Beutel aus Plastik und setzte es aus, wenn ein Ort geeignet erschien – ein Kästchen Puder auf einer Theke, zwei Reiherfedern auf einer Bank am Meer. Was sie suchte und behielt, waren Bilder von Menschen, farbige Fotos, die sie in Zeitschriften fand. Sie trug ein paar hundert Papiere mit sich herum, die sie wie Kartenspiel in Nächten mischte – unbekannte Gesichter und fremde Gestalten, asiatische, rätselhafte, namenlose, feindliche und vertraute, kalte, schöne, Männer, Frauen und Kinder jeden Alters, ihr Familienbuch, ein persönlicher Steckbriefkalender, in dem sie mit immer neuer Erwartung las, doch fand sie darin weder Shalamun noch sich selbst.

Sie trieb sich in Firmen und Warenlagern herum, trödelte über Schrott- und Fußballplätze, hielt sich in Wartesälen der Bahnhöfe auf und wartete zwischen Reisenden auf nichts. Sie reiste ohne Ticket in Zügen und Fähren, verirrte sich in Büros und in Redaktionen und sah dort Unbekannte an Tischen beschäftigt, besichtigte eine Dame am Telefon. Mit Schulausflügen kam sie in Zoo und Aquarien, und mit Touristengruppen in alle Museen. Sie nahm, weil sie da war, an Begräbnissen teil, geriet in Sommernachtsgärten voller Feste, erlebte Platzkonzerte und Mitternachtsmessen und ging oder rannte bei Demonstrationen mit. In Krankenhäusern hielt sie sich lange auf, schien als Besucherin nach Patienten zu suchen, blickte in Sterbekammern, Labore und Küchen, stand vor Körpern, die auf Pritschen lagen, angeschnallten, bewußtlosen, blutverschmierten, und saß oft am Bett von Kranken, die sie nicht kannte, erzählte von draußen oder hörte zu. Wie viele Leute hatte sie wahrgenommen, bestaunt, berührt und zurückgelassen, und wie wenige Einzelne hatte sie geliebt. Wie wenige konnte sie im Gedächtnis behalten und wie viele vergessen, ohne bekümmert zu sein. Immer andere kamen und gingen durch ihre Augen, durch ihre Empfindung ohne Widerhall. Die halbe Menschheit flog als Schatten vorbei, wie sie selbst für jene als Schatten vorbeiflog. Daran dachte sie selten, es betrübte sie nicht. Sie freute sich lieber, sie lachte und liebte gern, und lustige Leute gaben ihr das Gefühl, ihnen folgen zu müssen bis an den Rand der Welt.

Wenn sie nicht wußte, wohin, allein und mit anderen, kam sie in das Leere Haus zurück. Das war ein Bau mit heruntergelassenen Läden, eckig, massiv, pompös, von Kastanien umgeben, zertrampelten Resten eines Parks, zwischen Tennisplätzen und Bungalows über der Küste, von Fremden oft besichtigt und nie gekauft. Ein Typ von der Straße hatte sie hingebracht – ICH WEISS EIN GUTES HAUS war der Satz, den er sagte – an einem Regenabend am Ende des Winters, sie hatte mit ihm ein paar Tage und Nächte verschlafen und danach das Haus als Obdach angesehen, als weißen Fleck, eine Freistatt, wenn nichts mehr half. Das Haus war leer bis auf einige Möbel – Sessel aus Leder, Tische, ein Bettgestell –, die standen schwer und einzeln im Hochparterre. Die Räume waren verblichen, hoch und kahl, in verschiedener Weise von Zwielicht und Staub gefärbt, mit verschlossenen Fenstern, und rochen nach nassem Fell. In den Ecken lag Weggeworfenes, Kalk und Papier. Nicht viele Leute kamen in diesen Bau, es gab ein paar Zufallsbenutzer und alte Kunden, Liebende, Selbstmörder, Schläfer und Untergetauchte, die hier hofften, der Messingstadt entkommen zu sein. Mehrmals im Lauf des Sommers erschien Polizei, durchschritt mit Taschenlampen den ganzen Bau, verhaftete Strolche, weckte Liebespaare und schaffte Betrunkene oder Tote weg. Die Gegenwart von Toten erschreckte sie nicht, in den kalten Körpern war nichts, was ihr Leben bedrohte. Sie hatten gelebt und damit aufgehört und waren nicht Erscheinungen aus dem Raum. Einmal hatte eine Tote im Haus gelegen, ausgestreckt auf dem Tisch, eine Nutte im Pelz, die offenen Augen zur Decke gerichtet, Finger und Handgelenke voll Schmuck. Sie war mit der Toten im Haus allein, stand neben ihrem Gesicht und wartete lange, vielleicht auf die Auferstehung der Unbekannten, auf ein Wunder, auf einen Menschen, auf einen Rat. Als nichts passierte, verließ sie das Haus – durch ein Seitenfenster mit lockerem Laden –, und als sie wiederkam, war die Tote weg.

Sie kam in das Haus zurück am Ende des Sommers und fand weder Lebende noch Tote vor. Die Räume waren dunkel, verstaubt und heiß, sie brachte eine Flasche Wasser mit, im Beutel aus Plastik war ein Rest Parfüm, eine Kerze aus Talg, in der Synagoge gefunden, sie hatte noch ein paar Datteln und etwas Brot. Ihr gehörte ein gelber Poncho, Geschenk eines Spielers, der hatte sie aufgepickt und mitgenommen, an einem Wintermorgen im Rayon. Das Talglicht brannte, sie lag auf dem Poncho und träumte, einen Dattelkern auf der Zunge, mit offenen Augen.

Am Morgen hielt ein Wagen vorm Leeren Haus. Ein Herr erschien, begleitet von einer Dame, der Fahrer des Wagens schloß das Gebäude auf. Man sah sich im Treppenhaus um, dann in einzelnen Räumen, der Herr und die Dame unterhielten sich, der Fahrer des Wagens gab Antworten und erklärte, man sprach von Reparaturen und Blick auf die Küste, Kostenvoranschlägen und doppelten Fenstern, vor allem die Dame schien guter Dinge, ihre Hand lag auf der Schulter des Herrn, als sie sagte: Chatou, das hast du mir mit Absicht verschwiegen. Du wolltest mich überraschen? Wie reizend von dir.

In einem Raum lag eine Person und schlief. Man sah durch die offene Türe zu ihr hin. Der Fahrer des Wagens ging auf sie los, der Herr hielt ihn zurück, und die Dame sagte: Bitte nicht. Sie schläft. Sie sehen doch, das Kind ist froh.

Inhalt

Michael Wildenhain

Die kalte Haut der Stadt

Roman

Band 12358

Berlin als Schauplatz politischer Kämpfe: Im September 1981 werden acht besetzte Häuser geräumt, ein Demonstrant stirbt auf der Straße, der Schweigemarsch eskaliert. Kai, Kämpfer und Artist, Corinna, Tochter aus gutem Hause, Jochen, Skeptiker, der ein Auge verliert und Manuela, die ihr Kind abtreibt, agieren in den Straßen unter der Hochbahn, diesem »Baldachin aus Stahl«. Hinter den Mauern noch besetzter Häuser nimmt die Kälte zu, die Bewohner sind dem Druck kaum mehr gewachsen. Bis Jahre später, am 1. Mai 1987, die Stadt noch einmal explodiert... Aus der Perspektive eines ehemals Beteiligten erzählt Wildenhain vom Zusammenbruch linker Hoffnungen und Utopien, schildert er die allmähliche Ritualisierung der Aktionen, die Verselbständigung der Gewalt. Er zeigt, wie Liebe und Solidarität zerbröckeln, so daß Angst und Rückzug, selbst Tod beinahe das einzige sind, was bleibt. Indem er seine Geschichte am Werdegang einer losen politischen Gruppe entlangerzählt, mit seinen Figuren liebt und leidet und ihren Spuren bis nach Frankreich folgt, entsteht in der Zusammenschau der Ereignisse und Charaktere ein farbiges, facettenreiches und nicht zuletzt fesselndes Panorama.

Fischer Taschenbuch Verlag

fi 1928 / 3

New York erzählt

23 Erzählungen

Ausgewählt und mit einer Nachbemerkung
von Stefana Sabin

Band 10174

New York ist die heimliche Hauptstadt der USA, die Welthauptstadt des zwanzigsten Jahrhunderts: die Hauptstadt des Geldes und der Ideen, Schmelztiegel von Rassen und Kulturen – Großstadtdschungel und Großstadtromantik. Immer schon Schauplatz von Fiktionen, wurde New York in den letzten Jahren auch von den jüngeren amerikanischen Autoren entdeckt, die eine neue Welle urbaner Literatur angeregt haben. Sie setzen eine Tradition fort, die dieser Band widerspiegelt, indem er mehrere Erzählergenerationen vereinigt. Die Erzählungen, darunter drei als deutsche Erstveröffentlichung, handeln von Geschäft und Erfolg, von Künstlerleben und bürgerlichen Existenzen, von Rassismus und Gewalt, von Liebe und Einsamkeit. Jede zeugt auf eine ganz eigene Weise von der Faszination der Stadt New York und gibt damit auch den Eindruck von der Vielfalt der amerikanischen Erzählliteratur dieses Jahrhunderts.

Es erzählen:

*O. Henry, Djuna Barnes, Thomas Wolfe,
Zelda Fitzgerald, James Thurber, John Cheever, Irwin Shaw,
Bernard Malamud, Herman Wouk, Arthur Miller,
James Jones, Grace Paley, Kurt Vonnegut, James Baldwin,
Truman Capote, Donald Barthelme, John Updike,
Woody Allen, Mary Flanagan, Mark Helprin, Stephen King,
Ann Beattie und Tama Janowitz.*

Fischer Taschenbuch Verlag

fi 1382 / 4

Prag erzählt

Ausgewählt und mit einer Nachbemerkung
von Peter Sacher

Band 11799

Der vorliegende Erzählband unterscheidet sich bewußt von den geläufigen Prag-Anthologien. Die Texte – Erzählungen, Essays, Reportagen und Erinnerungen – folgen zunächst der historischen Entwicklung seit der Jahrhundertwende bis in die achtziger Jahre. Die eigentliche Linie aber, an der sich die Texte orientieren, ist jene Grenzlinie zwischen Sein und Schein, zwischen Wahrheit und Trug, die besonders in Prag immer schon schwer zu fassen gewesen ist. So erhofft sich die Anthologie, dem Leser einen Blick auf die Wirklichkeit einer Stadt zu vermitteln, die viel zu oft nur in ihrem Schein gesehen wird. Die traditionell oft zitierte Verklammerung der deutschen, jüdischen und tschechischen Kultur in Prag wird anfangs nur kurz resümiert. Dagegen wird das Augenmerk auf andere, aktuellere deutsch-tschechische Gemeinsamkeiten gelenkt. Dies ist zum einen das Exil der deutschen kritischen Intelligenz in Prag nach 1933, zum anderen die Besetzung Prags durch Hitler-Deutschland 1939 und die nachfolgende deutsche Okkupation bis 1945. Besondere Aufmerksamkeit gilt schließlich dem Niedergang der Utopie im sogenannten »real existierenden Sozialismus«: Das Experiment der »gerechten Gesellschaft« entpuppt sich als Betrug und die »Wahrheit« eines menschenwürdigen Daseins in einer besseren Zukunft als Lüge.

Fischer Taschenbuch Verlag

fi 453 / 2

Wien erzählt

25 Erzählungen

Ausgewählt und mit einer Nachbemerkung
von Jutta Freund

Band 12732

Wien erzählt lädt ein zu einer literarischen Entdeckungsreise durch eine der wichtigsten deutschsprachigen Metropolen. Allein in diesem Jahrhundert hat Wien Atemberaubendes erlebt: Zu Anfang noch den Glanz der Österreich-ungarischen Monarchie, danach die sozialen Unruhen im arg zusammengeschrumpften Rumpfstaat, den »Anschluß« ans nationalsozialistische Deutsche Reich und schließlich den Aufbau einer Demokratie im neutralen Nachkriegsösterreich. Diese Anthologie spiegelt Geschichte und Gegenwart, Mentalität und Atmosphäre dieser unvergleichlichen Stadt.

Es erzählen:

Ilse Aichinger, Peter Altenberg, H.C. Artmann, Ingeborg Bachmann, Hermann Broch, Veza Canetti, Elias Canetti, Milo Dor, Josef Haslinger, André Heller, Fritz von Hermanovsky-Orlando, Hugo von Hofmannsthal, Ernst Jandl, Karl Kraus, Anton Kuh, Robert Menasse, Robert Musil, Alfred Polgar, Christoph Ransmayr, Gerhard Roth, Joseph Roth, Arthur Schnitzler, Hilde Spiel, Dorothea Zeemann, Stefan Zweig.

Fischer Taschenbuch Verlag

fi 1155 / 6